DUMONT

Laure ist neunzehn Jahre alt und magersüchtig. Als die Krankheit ihr Leben bedroht, wird sie in eine Klinik eingewiesen. Dort taucht Laure in eine ganz eigene Welt ein und begreift, dass sie nicht die Einzige ist, die sich in eine Krankheit flüchtet. Und so beginnt sie zu schreiben: über Monsieur Hundertdreißigkilo, dem genau das Gegenteil von ihr gelingen muss, über die Blaue, ein grausam-gehässiges Klatschweib, deren Krankheit ihre Boshaftigkeit ist, über Fatima, die sich nicht zum ersten Mal in der Klinik aufhält. Alle kämpfen, so wie sie. Laure hasst die Kalorien, das Fett, das sie zunehmend auf ihrem Körper spürt. Es gibt Tage, da hasst sie ihren Arzt, der sie dafür lobt, dass sie allmählich wieder aussieht wie ein ‚normaler‘ Mensch. Sie weint, sie tobt, sie plant die Flucht zurück in die Krankheit. Doch sie bleibt, denn Dr. Brunel ist der Einzige, der wirkliches Interesse an ihr zeigt und der hartnäckig um sie ringt. Nach langer Zeit ist er der erste Mensch, dem sich Laure öffnet. Ihm erzählt sie, was die Ursache für ihren Zustand ist: das Zusammenleben mit ihrer psychisch kranken Mutter und die angstmachenden Auseinandersetzungen mit ihrem cholerischen Vater. Es sind nicht nur die Gespräche, sondern auch sein stilles Verstehen, seine behutsames Beharren, seine aufrichtige Verzweiflung, die ihren Lebenswillen wieder wecken.

Delphine de Vigan, geboren 1966, erreichte ihren endgültigen Durchbruch als Schriftstellerin mit dem Roman ›No & ich‹ (2007). Sie zählt zu den wichtigsten französischen Autoren der Gegenwart. Ihr Roman ›Nach einer wahren Geschichte‹ (DuMont 2016) stand wochenlang auf der Bestsellerliste in Frankreich, wurde 2015 mit dem Prix Renaudot ausgezeichnet und von Roman Polanski verfilmt. Ihr neuer Roman ›Loyalitäten‹ erscheint ebenfalls im September 2018 als Hardcover bei DuMont. Die Autorin lebt mit ihren Kindern in Paris.

DELPHINE DE VIGAN

TAGE OHNE HUNGER

Roman

Aus dem Französischen
von Doris Heinemann

DUMONT

Von Delphine de Vigan sind bei DuMont außerdem erschienen:

Nach einer wahren Geschichte
Loyalitäten

September 2018
DuMont Buchverlag, Köln
Alle Rechte vorbehalten
© Éditions Grasset & Fasquelle, 2001
Die französische Originalausgabe erschien 2001 unter dem Titel
›Jours sans faim‹ bei Éditions Grasset & Fasquelle, Paris
© 2017 für die deutsche Ausgabe: DuMont Buchverlag, Köln
Übersetzung: Doris Heinemann
Umschlaggestaltung: Lübbeke Naumann Thoben, Köln
Umschlagmotiv: © plainpicture/fStop/Lena Clara
Satz: Angelika Kudella
Gesetzt aus der Minion Pro
Druck und Verarbeitung: CPI books GmbH, Leck
Gedruckt auf säurefreiem und chlorfrei gebleichtem Papier
Printed in Germany
ISBN 978-3-8321-6469-0

www.dumont-buchverlag.de

Für Daniel

ES WAR ETWAS AUSSERHALB von ihr, das sie nicht zu benennen wusste. Eine stille Kraft, die sie blendete und ihre Tage bestimmte. Und zugleich eine Art Drogentrip, eine Art Zerstörung.

Es hatte sich langsam entwickelt. Und war bis an diesen Punkt gelangt. Ohne dass sie es eigentlich bemerkt hätte. Sie erinnert sich an die Blicke der Menschen, an die Angst in ihren Augen. Sie erinnert sich an dieses Gefühl von Macht, das die Grenzen des Fastens und des Leidens immer weiter hinaustrieb. Knie, die gegeneinanderschlugen, ganze Tage, an denen sie sich kein einziges Mal hinsetzte. Wenn der Körper Mangel leidet, schwebt er über die Bürgersteige. Später die Stürze auf der Straße oder in der Metro und die Schlaflosigkeit, die den Hunger, den man nicht mehr als Hunger erkennt, begleitet.

Und dann hatte sich die Kälte in ihr ausgebreitet, eine unglaubliche Kälte. Diese Kälte, die ihr sagte, dass sie am Ende angelangt war, dass sie zwischen Leben und Sterben wählen musste.

I

WEGEN DIESER KÄLTE ließ sie sich auf den Termin ein. Als er sie zum ersten Mal anrief. Eine unbekannte näselnde Stimme bot ihr an einem Herbstabend Hilfe an, an einem Abend wie all den anderen: Sie klebte am Heizkörper. Wegen der Kälte, aber nicht nur. Zunächst lehnte sie ab. Was soll diese Einmischung. Er stellte einige Fragen zu ihrem körperlichen Zustand, er fragte weder, wie viel sie wiege, noch, wie viel sie esse. Nein, es waren eher die Fragen eines Kenners, ja eines Experten, präzise und direkt, mit denen er abzuschätzen versuchte, wie dringend es war. Solange sie mitspielte, gewann er Zeit. Diese Zeit, die sie nicht mehr zu verlieren hatte, diese knappe Zeit, die sich wie ein letztes zerbrechliches Komma gegen den Tod stemmte.

Es bleibt nicht mehr viel Zeit, das hatte er ihr vor allem anderen gesagt. Sie spürte, dass er auch etwas über die Einsamkeit wusste, über das Eingeschlossensein. Während er sprach und sie befragte, spielte sie mit der Schnur des Hörers. Wenige Minuten zuvor hatte sie einen dritten Pulli übergezogen und sich zusammengerollt – soweit bei ihren vorstehenden Knochen davon noch die Rede sein konnte. Sie antwortete, ohne nachzudenken, als würde sie mechanisch eine vor langer Zeit auswendig gelernte Fabel aufsagen. Sie wollte nur noch höflich bleiben.

Es ist zu spät, sagte er, allein schaffen Sie das nicht, ich kann Ihnen helfen, kommen Sie am Mittwoch zu mir in die Sprechstunde, ich erwarte Sie. Sie sah sich nach ihren Zigaretten um. Sie hatte nicht die Kraft, den Rücken vom Heizkörper zu lösen, um nach dem vor ihr liegenden Päckchen zu greifen.

Zum ersten Mal schrie jemand nach ihr, damit sie sich umwandte, sie wurde von jemandem gerufen, der dieses Leid, das Leid ihres Körpers zu benennen wusste. Zum ersten Mal holte sie jemand dort ab, wohin die anderen es nicht schafften, weil sie nicht mehr die Kraft hatten.

Er bat sie, er befahl ihr zu kommen. Er wusste, dass alles von diesem ersten Kontakt abhing. Sie stellte sich vor, wie beklommen er vielleicht gewesen war, als er ihre Nummer gewählt hatte. Aus den Modulationen seiner Stimme hörte sie seine Angst vor dem Scheitern heraus, aber auch seinen heftigen Willen, sie zu überzeugen.

Sie legte auf. Und blieb lange so liegen. Trotzdem: Was soll diese Einmischung.

Am Mittwoch nahm sie die Metro zum Krankenhaus. Sie konnte kaum noch gehen. Sie trat in sein Sprechzimmer und setzte sich ihm gegenüber. Sie hatte nichts zu sagen, sie war leer, von allem entleert. Er stellte ihr der Form halber ein paar Fragen, und dann flehte er sie geradezu an: Ich habe ein freies Zimmer für Sie, in diesem Zustand dürfen Sie nicht wieder weggehen. Sie lehnte ab. Er suchte nach Worten, um sie zurückzuhalten. Seine Hände lagen auf dem Schreibtisch, diese kleinen Hände, mit denen er eines Tages über ihre durchsichtige Haut streichen würde.

Es war noch zu früh, obwohl ihr eigentlich keine Zeit mehr blieb. Solange man die Leute nicht von der Straße auflesen muss, sagte er, kann man sie zu nichts zwingen. Sie schloss die Tür hinter sich, fuhr, schwankend, mit der Metro zurück und hatte keine Träne, die sie hätte vergießen können.

Am darauffolgenden Mittwoch und an dem danach kam sie wieder. Sie durchquerte ganz Paris, um ihn zu sehen. Im Krankenhaus folgte sie bis zu seinem Sprechzimmer der grünen Linie, die immer wieder unter ihren Füßen nachgab. Sie konnte das Geräusch ihrer zögernden Schritte in den Fluren nicht mehr hören. Händeringend stand sie dann vor seinem Sprechzimmer im ersten Stock. Sie wusste nicht, aus welchem Grund genau sie dort war, es sei denn, sie folgte der vagen Intuition, dass sie ihren entleerten Körper eines Tages hier würde ablegen können.

Eines Morgens spürte sie, dass die Kälte bis in die Spitzen der Gliedmaßen vorgedrungen war, bis in die Fingernägel, bis in die Haare. Sie wählte die Nummer des Krankenhauses und bat, sie mit ihm zu verbinden.

In ihrem Bauch klopfte der Tod, sie konnte ihn berühren.

Das war vor langer Zeit. Er hat ihr das Leben gerettet. Wenn man diese Worte hinschreibt, wirken sie geschwollen, doch es ist so. Noch heute sagt sie trotz der vielen Jahre, die vergangen sind, und trotz der Lebensfreude, die sie wiedergefunden hat, genau das, wenn sie davon spricht: Er hat mir das Leben gerettet.

II

IN DER NACHMITTÄGLICHEN Stille hat sich die Tür geschlossen. Sie hat sich aufs Bett gelegt. Zum ersten Mal seit Wochen quellen Tränen aus diesem versteinerten Körper, aus diesem erschöpften Körper, der gerade kapituliert hat. Sie beweint diese unverständliche Erleichterung, die sie ganz und gar diesen Leuten ausliefert. Die Tränen brennen an den Lidern. Das ist sie jetzt: ein Sack Knochen auf einem Krankenhausbett. Mehr nicht. Die Augen sind vergrößert und haben tiefe Ringe, die Wangen unter den hervorstehenden Kieferknochen sind eingefallen, als würden sie nach innen gesaugt. Rings um die Lippen bedeckt dunkler Flaum die Haut. In den deutlich sichtbaren Adern pulsiert das Blut zu langsam.

Sie schlottert. Trotz Wollstrumpfhose und Rollkragenpulli. Die Kälte ist innen, sie hindert sie daran, stillzuhalten. Eine Machtübernahme, die dem Tod gleicht, das weiß sie, der Tod ist in ihr wie ein Eisblock. Die Neonröhre summt, doch sie hört nur ihr eigenes Atmen. Ihr Kopf dröhnt von diesem regelmäßigen, verstärkten Atem, der sie verfolgt. Sie ist fast taub geworden, von innen zerfressen, weil sie nichts frisst.

Sie ist aufgestanden, um die orangefarbene Jalousie herunterzulassen. Das gelbliche Licht liegt auf den blassen Wänden. Sie stellt ein Inventar des Zimmers auf: ein Bett, ein großer Tisch, eine Neonröhre, ein Stuhl, ein höhenverstellbares Tischchen auf Rollen, zwei Wandschränke, eine Deckenleuchte, ein Sauerstoffanschluss, eine Klingel. Hinter einer schmalen Tür sind Toilette und Waschbecken, die Dusche ist auf dem Gang.

Draußen wird es gerade dunkel, und sie bringen ihr schon das erste Essenstablett. Unter einem Aluminiumdeckel ein zu lange gegartes Hacksteak mit nicht mehr allzu grünen Bohnen. Versuchen Sie es, auch wenn es schwerfällt. Sie kaut brav. Sie könnte stundenlang kauen, wenn es nur das wäre, den Mund mit Speichel füllen, die Nahrung von einer Seite zur anderen schieben, diesen Brei, dessen Geschmack langsam verschwindet, endlos zermalmen. Das Problem ist das Schlucken. Schon hat sich eine Kugel in ihrem schmerzenden Magen verklemmt. Die Zeit steht still. Sie wird noch einmal lernen müssen zu essen und auch zu leben. Die Schwesterhelferin ist zurück, sie schaut unter den wieder aufgelegten Deckel: Das ist doch gut für den ersten Tag, meinen Sie, Sie können schlafen?

Ausnahmsweise überfällt sie der Schlaf mit einem Schlag. Zwischen den stramm gezogenen glatten Laken braucht man nur die Augen zu schließen.

Sie wollte ein paar Sachen in den Schrank räumen, doch sie hat Mühe, sich aufrecht zu halten. Ihre Beine tragen sie nicht mehr. Nicht mehr wie früher, als sie mit leerem Magen kilometerweit lief oder Treppen hochstieg, so wie sich andere Nadeln in die Adern stechen. Sie hat diesen Körper von allem Leben entleert, ist bis ans Ende gegangen, ans Ende ihrer Kräfte. Sie muss sich hinsetzen. Aus dem zwölften Stock blickt sie auf den Boulevard périphérique. Sie haben ihr Blut abgenommen. Soweit noch welches da war. Eine orangefarbene Flüssigkeit, die sie kaum herausbekommen haben. Man kann ihren Arm mit Daumen und Zeigefinger umschließen. Auch darauf wird sie verzichten müssen. Die Magerkeit als Schrei. Die Krankenschwester drückt fester auf die Adern, bleibt ganz geduldig. Wie kann man nur so weit kommen?, fragt sie. Es ist kein Vorwurf, nur eine laut geäußerte Frage. In ihrer Stimme liegt zögerndes Mitgefühl. Unter ihrem Kittel erahnt man echte Brüste, die sich im Rhythmus ihrer Atmung heben und senken. Sie drückt mit dem Daumen auf die Vene, seufzt, ist ganz bei der Sache und füllt ein Röhrchen nach dem anderen. Beim vierten gibt sie auf. Das sollte reichen. Sonst versuchen wir es später noch einmal. Im Zimmer Nr. 1 im Westflügel ist die Stille schwindelerregend. Morgen wird ihr irgendjemand einen Fernseher anschließen. Morgen wird man ihr Bücher, Zeitungen und Strickzeug bringen. Dann wird sich ein neues Leben organisieren, ein Leben ohne Bewegung, damit sie Fett ansetzt.

Fünfunddreißig Grad Körpertemperatur, ein Blutdruck von achtzig, Amenorrhö, gestörte Behaarung, Schorf, verlangsamter Puls, wir haben also alle Zeichen von Unterernährung.

Stolz steht er am Fußende ihres Bettes. Schauen Sie hin, meine Damen und Herren, in der zwölften Etage dieses demnächst berühmten Krankenhauses ist gestern Abend ein ein Meter fünfundsiebzig großes Skelett mit sechsunddreißig Kilo Körpergewicht gestrandet. Sein bislang extremstes Gewicht-Körpergröße-Verhältnis. Dicht gedrängt stehen sie in ihren makellosen weißen Kitteln vor ihr und stoßen sich mit dem Ellbogen an, während sie ungläubige Blicke auf das Blatt am Fußende des Bettes werfen. Sie wundern sich, dass die Patientin nicht im Koma eingeliefert wurde. Gleich wird man eine Magensonde legen. Das Wort dröhnt in den Ohren und schrillt weiter wie eine Krankenwagensirene. Sie haben die Tür hinter sich geschlossen, doch draußen beendet er noch seinen Kommentar. Sie hört nicht, was er sagt, sie hört nur diesen nasalen Klang, der für seine Stimme charakteristisch ist.

Im Stehen verliert sie das Gleichgewicht. Im Sitzen tut ihr der Po weh. Im Liegen auch. Die Knochen bohren sich in die Haut, in ihre Pappmascheehaut, die überall nur trocken und grau ist. Ja, wirklich, wie kann man nur so weit kommen? Sie wartet, wie eine Zwiebel in Kleidungsschichten gehüllt.

Der Schlauch ist in einem sterilen Beutel verpackt. Keine Angst, sagt er, es ist nur ein bisschen unangenehm, wir schieben ihn durch die Nase, und wenn er in die Kehle kommt, müssen Sie schlucken. Danach machen wir eine Röntgenaufnahme, um sicher zu sein, dass die Sonde richtig im Magen sitzt. Sie müssen nur schlucken. Schlucken. Als sie wieder in ihrem Zimmer ist, sieht sie in den Spiegel. Von der Schlange ist nur noch ein transparentes Plastikende übrig, das ihr aus dem rechten Nasenloch ragt. Es wird von einem Pflaster auf der Wange festgehalten, verschwindet hinter dem Ohr und pendelt dann blöde über der Schulter.

Sie werden es selbst an die Maschine anschließen, die ganze Nacht lang und mindestens vier Stunden tagsüber. Die Ernährungspumpe ähnelt einer großen Kaffeemaschine. Sie ist auf dem Tischchen neben ihrem Bett aufgebaut worden. Wenn es im Bauch wehtut, kann man die Geschwindigkeit verringern. Die Krankenschwestern werden mehrmals täglich Flaschen mit Sondenkost in den Behälter entleeren und das Gerät reinigen. Eine Flasche, dann zwei, dann drei … bis zu fünf am Tag, je nachdem, wie sie zunimmt. So läuft die Nährlösung hinunter bis zum Magenausgang. Ganz tief nach unten, für den Fall, dass sie auf die Idee kommt, sich in die entgegengesetzte Richtung auf den Weg zu machen. Hunderte von Kalorien, gut angepasst und vorverdaut, echte, tückische Kalorien, die man nicht bekämpfen kann. Das ist die einzige Lösung, sagt er. Weil sie zu weit gegangen sei und der Körper es nicht mehr allein schaffen könne. Er sagt auch, dass man den Schlauch in der Nase und den Lärm des Geräts nach einigen Stunden nicht mehr bemerke. Sie müsse wieder lernen zu essen, und es werde eine Diätassistentin kommen, die Werte überprüfen und ihr noch einige Extras verordnen.

Zunächst einmal windet sie sich auf ihrem Bett wie ein Aal. Das Röhrchen zuckt und bebt die ganze Speiseröhre hinunter. Sie spürt jeden Tropfen, den das Gerät freigibt, und sie spürt, wie sie sichtlich anschwillt. Sie horcht so angespannt auf ihren Bauch, dass sie nicht mehr atmet. Einige Hundert Milliliter Angst überfluten summend ihren Körper. Sie gerät in Panik, bekommt keine Luft mehr, schluchzt. Sie sind zu zweit gekommen und versuchen, sie zu beruhigen. Es geht nicht mehr, sagt sie, ich schaffe es nicht, ich will gehen, auch wenn ich dann krepiere.

Er kommt zu ihr. Ganz nah, ganz vorsichtig. Als würde er mit dem Finger ein verletztes Tier berühren. Als wollte er sehen, was noch möglich ist. Sie weiß, dass er nicht nachgeben wird. Er sieht angegriffen aus und wirkt wie jemand, der gern nach Hause gehen würde. Dabei fühlt er sich doch wohl in seinem Kittel und trägt die Arroganz der Gesunden zur Schau. Er hat auf dem Bett seine Hand dicht neben ihre gelegt, er versucht ihr zu verstehen zu geben, dass sie da rauskommen muss, dass sie die Wahl der Mittel nicht mehr hat. Er umhüllt sie mit Worten, umarmt diese Angst, die sie im Griff hat, er bietet ihr die Stirn mit dem ganzen Vertrauen, das er in sie setzt, mit dem ganzen Vertrauen auch auf ihr Leben danach, das nur er sich vorstellen kann. Und wenn ihm die Argumente ausgehen und alle bisherigen nur von Schluchzen beantwortet wurden, würzt er seine Sätze mit einem überzeugten »Scheiße aber auch!«. Ein Kraftausdruck, der alles Übrige zusammenfasst, alles, was gesagt worden war, und auch, wie dringend und wichtig es war. Die Angst verflüchtigt sich. Sie ist nicht mehr ganz allein in diesem Kampf gegen sich selbst. Die Nacht ist hereingebrochen. Sie wartet ohne große Hoffnung auf den Schlaf.

An diesem Abend denkt sie an Louise. Ihre unglaubliche Schwester, die ihr als Schwester unglaublich nahesteht, und das für immer. Louise allein mit den beiden, Louise allein gegen die beiden. Louise allein, aber hellsichtig. Heute Abend denkt sie an Louise und wünscht sich, es wäre nie so weit mit ihr gekommen, sie hätte nie versagt, sie würde immer noch wie früher Louise' kleine Hand in ihrer spüren, auf dem Bahnsteig der Gare du Nord, wo sie beide standen, auf immer zusammengeschweißt.

Anorexie. Es fängt an wie Anorak, aber es endet mit xie. Anscheinend sterben zehn Prozent daran. Vielleicht aus Unachtsamkeit. Ohne es zu merken. Ganz sicher vor Einsamkeit. Daran denkt sie manchmal. So konnte sie nicht weitermachen, vor allem wegen der Kälte, aber auch wegen der Müdigkeit. Sie ist erschöpft. Jetzt weiß sie, dass man unter einer solchen Last nicht leben kann.

Sie hat um einiger weniger Kilos willen kapituliert, um die Gefahr zu bannen, um durchzuhalten, um zu überleben, so ist es. Aber sie hat nicht aufgegeben. Sie will die Kontrolle nicht verlieren. Das Leben vorher ist nur noch betäubte Erinnerung, und das Leben danach wird geflüstert wie eine wenig wahrscheinliche Verheißung. Sie will nicht gesund werden, weil sie nicht weiß, wie sie anders leben soll als mithilfe dieser Krankheit, von der sie auserwählt wurde, von der in den Zeitungen und Kolloquien die Rede ist, es ist eine blinde, dunkle Suche, bei der sie von anderen begleitet wird, anonymen und schwankenden Komplizen eines stummen Verbrechens gegen sich selbst. Sie wird noch Zeit brauchen, um zu verstehen, wie es so weit mit ihr kommen konnte. Im Augenblick konzentriert sie sich ganz auf dieses schwarze Loch in ihrem Bauch, das sie von innen aufzusaugen versucht. Der Körper hat die Oberhand gewonnen, der an Mangel leidende Körper, zusammengeschrumpft wie das Chagrinleder, geleugnet bis in seine Existenz hinein, spielt jetzt die Hauptrolle – ein Paradox, das ihr nicht entgangen ist –, nach Atem ringend empört er sich gegen diese ganze Misshandlung, der er seit Wochen ausgesetzt ist, und kämpft. Sie ist so mit dieser Leere beschäftigt, dass sie nichts anderes mehr spürt, sie denkt nicht mehr, ihre Seele leidet nicht mehr.

Später wird sie begreifen, dass sie unter anderem genau das angestrebt hatte, ihren Körper zu zerstören, um nichts mehr von außen wahrzunehmen und auch in ihrem Fleisch und ihrem Bauch nur noch den Hunger zu spüren. Es wird Zeit brauchen, den Weg zurückzugehen, möglichst weit zurück, bis zu den ersten Ekelgefühlen, den ersten fristlos aus dem Kühlschrank entlassenen Lebensmitteln, noch weiter zurück, man wird die noch intakten, in Kühlkammern aufbewahrten Verletzungen aus dem Nirgendwo ziehen müssen und herauszufinden versuchen, wie ihr Symptom beschaffen ist und warum es sie getroffen hat. Vorsichtig und oft ohne jede Ordnung wird man diese Erinnerungen ans Licht befördern, die wie ausgeblutete Schweine gelagert sind, an den Füßen aufgehängt und mit getrocknetem Blut auf der Haut, man wird sich überwinden müssen, um nicht vor dem Verwesungsgeruch zurückzuweichen, der sie umgibt und dafür sorgt, dass man nicht zu lange bei ihnen verweilt.

Im Augenblick spürt sie nur eins: Sie wollte ihnen wehtun, sie bis tief ins Fleisch verletzen, sie vielleicht sogar zerstören. Ihren Vater und ihre Mutter. Damit sie sich nicht so aus der Affäre ziehen. Sie sind beide schädlich. Doch inzwischen weiß sie auch, dass sich dadurch nichts ändern wird, sie kann den Eltern ihren ausgezehrten Körper wie eine Beleidigung ins Gesicht schleudern und auch den Widerwillen, den sie gegen sie empfindet, sie weiß, es kann noch lange dauern, sie kann dabei sogar ihr Leben lassen, ohne dass bei den beiden etwas ankommt. Das ist ein guter Ausgangspunkt. Sobald man die Sinnlosigkeit des Vorgehens akzeptiert hat, fühlt man sich schon ein wenig besser, die Bitterkeit im Mund löst sich langsam auf. Die Zukunft ist jetzt von einer Waage abzulesen: Fünfzehn Kilo, fünfzehn undenkbare, unvorstellbare Kilo, die sie zunehmen muss, um dieses fünfzehnstöckige Krankenhaus verlassen zu dürfen, in dem sie neu anzufangen beschlossen hat. In den Fahrstühlen wird ihr übel, die Treppen rufen nach ihr.

Tad hat sie besucht. Weder Blumen noch Schokolade. Nur diese Luft von draußen, die ihre Kleidung verströmte. Ihre Wangen waren von der ersten Kälte gerötet. Rasch sah sie sich im Zimmer um, du bist gut untergebracht. Sie beugte sich über die Ernährungspumpe und sah dabei aus wie jemand, der sich fragt, wie das funktioniert. So ist Tad, sie fragt sich immer, wie das funktioniert. Und ob das wehtut, so ein Ding in der Nase. Trotzdem, du siehst besser aus, sagte sie. Weißt du, draußen wird es allmählich kalt. Und für nächste Woche ist ein großer Metro-Streik angekündigt, wir werden uns schon wieder drei Tage lang irgendwie durchschlagen müssen. Anscheinend hat Nadine jemanden kennengelernt. Doch, ehrlich. Und Mona hat Patricks Bemühungen schließlich nachgegeben, steter Tropfen höhlt den Stein. Aber witzigerweise hängt sie jetzt total an ihm. Sie wollen zusammen nach Afrika. Tad füllte das Zimmer mit unterhaltsamen kleinen Anekdoten. Die Zeit zerrann zwischen ihren ausgestreckten Händen. Sie stellte keine überflüssigen Fragen. Nur ihre Stimme und ihr Lächeln. Als sie ihren Mantel wieder anzog, war es schon dunkel.

Vor der Aufzugtür umarmt Tad sie. Bringst du mich noch runter? Zwölf Etagen trennen sie vom Erdboden. Vom Asphalt. Sie zögert. Eigentlich steht nirgendwo geschrieben, dass es verboten ist. Im Erdgeschoss des Hochhauses geht gerade das Licht im Geschenkeladen aus. Besucher suchen ihren Weg und blicken dabei hoch, als könnten sie durch die Etagen hindurch all die über ihnen aufgestapelten Zimmer erkennen. Einige Bademäntel winken mit Taschentüchern. Jenseits der großen Glasscheiben streichelt die Nachtluft die Gesichter derjenigen, die keine Angst einjagen. Man braucht nur vorzutreten, einen Fuß auf den Gummiteppich zu setzen, schon öffnen sich die Türen von allein. Sie atmet mit aller Kraft ein, füllt sich mit dem fernen Straßenlärm. Der Luftzug streicht über ihre Haut und lässt ihr Haar wehen. Sie könnte noch ein bisschen weitergehen, die Betonrampe hinunter und dann immer weiter, mit geschlossenen Augen. Sie könnte immer geradeaus gehen, den Boulevard Ney überqueren und dann die Avenue de Saint-Ouen entlanglaufen, bis ihre Gliedmaßen fühllos würden, bis zur Trunkenheit. Doch schon erfasst sie Angst. Draußen verliert sie den Halt, draußen ist sie eine Gefahr für sich selbst.

Tad umarmt sie noch einmal. Halt durch, du musst dich reparieren lassen. Sie sieht ihr nach, als sie sich in die Dunkelheit entfernt. Sie geht zurück zu den Aufzügen. Der Geschmack kehrt ganz plötzlich in ihren Mund zurück, sie hat ihn genauso vergessen wie alles andere, die Süße von weißer Schokolade mit Kokosraspeln, die sie oft beim Verlassen des *Collège* klauten, immer nur eine Tafel, die in der Latzhose verschwand. Bei Tad zu Hause deckten sie den Couchtisch im Wohnzimmer für den Nachmittagsimbiss, sie machten ein wenig Milch warm,

brachen die Schokolade in Stückchen und holten die Croissants aus der Tüte, getreu dem Ritual, das sie noch mit der sü-
ßen Kindheit verband, die sie an ihrem Gaumen schmelzen
fühlten und von der bald nur noch ein paar Krümel auf Stan-
niolpapier übrig sein würden. Wenn Tads Eltern abends ausgingen, probierten die beiden Mädchen die Nylon-Hemdhös-
chen und die Satinhosen der Mutter an und staksten in deren
Stöckelschuhen, imaginäre Zigaretten rauchend, durch endlose mondäne Abendeinladungen. Dabei horchten sie auf die
Geräusche der Autos und der Aufzüge, bereit, beim ersten
Warnzeichen alles wieder auszuziehen und im Schrank zu
verstauen, unter die Decke zu kriechen und die Augen zu
schließen.

Jetzt soll eine Bestandsaufnahme gemacht werden. Um das
Ausmaß der Schäden festzustellen. Er ist frühmorgens gekommen, um ihr den Ablauf der »Magenentleerung« zu erklären.
Natürlich weist sie ihn auf die Poesie hin, die in solchen Be-
griffen steckt. Er lächelt, redet jedoch weiter. Die – schmerz-
freie – Untersuchung besteht darin, dass der Patient – oder
was von ihm übrig ist – ein radioaktives Omelett isst. Ziel ist
festzustellen, ob der Magen, der nicht mehr größer ist als der
eines sechs Monate alten Babys, noch normal funktioniert.
Ja, auch wenn Babys normalerweise keine Omeletts essen.
Das Omelett erinnert seltsam an das in der Schulmensa, doch
das Glas Wasser, das ebenfalls rötlich schimmert, ist viel leichter herunterzubringen. Alle halbe Stunde wird eine Röntgenaufnahme gemacht. So sieht man, wie lange der vom wochen-
langen Fasten atrophierte Magen braucht, um die feste und
flüssige Nahrung aufzunehmen.

Ein ganzer Nachmittag, um zwei Eier zu verdauen, das kann einen durchaus beschäftigen.

Morgen wird man ihr sechs Plastiktabletten verabreichen, die ebenfalls »röntgendicht« sind und denen man mittels einer täglichen Aufnahme auf ihrem von Fallen und gefährlichen Trägheiten gesäumten Weg durch das Gedärm folgen wird, bis sie mit dem Stuhl ausgeschieden werden.

Er sieht sie lachen. Sie würde lauter lachen, wenn sie nicht so mager, das heißt nicht so schwach wäre. Sie überlegt gerade, was sie alles schlucken könnte, einen Pantoffel, eine Gabel, eine Seifenschale oder irgendwelche anderen verrückten Gegenstände, die »röntgendicht« sind, lauter Gegenstände, die sie in ihrem Körper zwischenlagern könnte, um ihn zu überraschen oder zu erschrecken, und die er morgens zu Gesicht bekäme, wenn er die Röntgenaufnahmen vor das weiße Licht hielte.

Auf dem Weg zurück in ihr Zimmer kommt sie am Aufenthaltsraum vorbei. Dort sitzt eine junge Frau in einem Skai-Sessel und raucht eine Zigarette. Sie ruft nach ihr, steht auf. Sucht mit ihren knotigen Händen nach einem Halt. Fatia ist rückfällige Anorektikerin. Ihre Wangen sind prall von mehreren Wochen Sondenernährung. Unter ihrem Nachthemd leidet ein Bauch, der rund ist wie ein Fußball. Am Ende des Gangs wartet sie auf ein offenes Ohr. Fünf Flaschen am Tag, stöhnt sie jedem vor, der es sich anhört. Sie klagt, sie sei derart aufgetrieben, dass sie nichts mehr schlucken könne. Sie bittet darum, dass man sie in ihr Zimmer zurückführt. Sie legt sich aufs Bett, schließt die Sonde wieder an. In ihrem Bauch gurgelt es.

Das ist alles, was sie wollte. Dass jemand bei diesem barbarischen Ritual dabei ist, dass jemand Zeuge ihres Schmerzes ist. Jetzt kannst du mich allein lassen, sagt sie, jetzt geht es wieder.

Vor der Tür steht schon der Tablettwagen. Schwatzend verteilen die Pflegehelferinnen das Essen. Es ist gerade erst achtzehn Uhr. Mal ehrlich, wie soll man – schon rein physiologisch gesehen – um diese Zeit Hunger haben? Sie hätte durchaus Lust, das Tablett durchs Zimmer zu schleudern, und würde gern alle Tränen ihres Körpers weinen, aber Heulen verdirbt den Appetit. Sie setzt sich im Schneidersitz aufs Bett und zieht den Tisch heran. Sie atmet tief durch und hebt den Deckel hoch.

III

IN EINER ernährungsmedizinischen Abteilung gibt es Dicke, Magere, Unterernährte, Magenkranke, Menschen mit kaputter Darmschleimhaut und Diabetiker. Solche-die-zu-viel-fressen, Solche-die-sich-erbrechen, Solche-die-nicht-mehr-schlucken-können. Im Aufenthaltsraum am Ende des Gangs versammeln sich die Raucher und die Vereinsamten. Man schwatzt, staunt, vergleicht. Man horcht auf die Absätze der Oberschwester, die streng guckt, wenn man zu lange redet. Es macht müde. Es verbraucht Kalorien. Das Rauchen auch.

Ihre Mutter ist gekommen. Sie sieht ihr beim Essen zu. Ihr Gesicht drückt nichts aus, weder Sieg noch Erleichterung. Sie hat sich auf den Stuhl gesetzt und wartet. Sie spricht nicht. Ihre Mutter spricht schon seit Jahren nicht mehr. Ein paar wenige streng gefilterte Wörter am Tag, ja, nein, auf Wiedersehen, bis morgen. Als ihre Mutter wieder aufbricht, begleitet sie sie bis zum Fahrstuhl. Ein kleines Winken, als sich die Türen schließen. Drei Meter fünfzig Spaziergang, das macht hungrig. Als sie wieder in ihrem Zimmer ist, verschlingt sie den Camembert. Und dann füllt sie die Wärmflasche, um den Schmerz zu lindern. In einer Stunde wird sie die Sonde wieder anschließen. Dazu ist weder technisches noch medizinisches Wissen erforderlich, nur eine ordentliche Portion Hinnahme. Man braucht lediglich das Ende des Röhrchens, das ihr aus der Nase kommt, in den Anschluss der Ernährungspumpe zu stecken und auf den Ein/Aus-Knopf zu drücken. Ein Kinderspiel.

Heute Abend sieht sie auf Canal plus die Sendung *Maxitête*. Man muss erraten, wer sich hinter diesen seltsam zusammengewürfelten Teilchen verbirgt: ein Auge von Michel Drucker, eins von Sheila, Denise Fabres Nase, Rika Zaraïs Mund, Pierre Desproges' Kinn. Sie atmet langsam und tief, während sie auf das Abendessen wartet. Vor jeder Mahlzeit dieselbe Beklemmung, der Magen verkrampft sich bereits, man muss essen, schon wieder essen. Das Frühstück wird gegen acht Uhr gebracht, das Mittagessen um zwölf – oder halb eins, wenn die Visite etwas länger gedauert hat –, der Nachmittagsimbiss kommt immer nach dem Fiebermessen. Und was noch schlimmer ist: Das Abendessen kommt im Allgemeinen um neunzehn Uhr. Samstags und sonntags um achtzehn Uhr. Ihr Zimmer ist nicht weit vom Lastenaufzug entfernt, aus dem unweigerlich dreimal täglich der Wagen mit dem Essen für diese Etage rollt. *Tortue*, Schildkröte, so nennen sie ihn. Die Schildkröte hört man schon von Weitem kommen. Wegen der Geräusche der aneinanderstoßenden Tabletts und der quietschenden Räder. Die Schildkröte bleibt vor ihrem Zimmer stehen. Schon dringt der Geruch nach Kartoffelbrei und paniertem Fisch durch die offene Tür. Sie wird immer als Erste versorgt. Und ist immer die Letzte, die fertig wird.

Kaum zu glauben, wie lange sie braucht, um drei geriebene Möhren zu essen. Sie kommen das Tablett wieder abholen. Die Schildkröte hat es auf dem Rückweg eilig. Sie wird im Keller erwartet, damit alles wieder gereinigt werden kann. Haben Sie wenigstens den Fisch gegessen? Behalten Sie den Löffel für später, wir nehmen ihn dann morgen mit, das macht nichts, verlieren Sie nicht den Mut, lassen Sie sich Zeit. Auf dem Nachtschränkchen warten der Gouda und der kleine Kuchen in ihren Plastikbehältern auf ihre große Stunde.

In mancher Hinsicht hat Zimmer Nr. 1 echte Vorteile. Erstens ist es ein Einzelzimmer. Außerdem liegt es genau gegenüber der Gemeinschaftsdusche, was man zu schätzen weiß, wenn man morgens mit dem Handtuch über der Schulter und der Seife in der Hand auf den Augenblick wartet, in dem sie frei wird. Der Aufenthaltsraum liegt am anderen Ende des Gangs, was eine gewisse Anzahl von über jeden Verdacht erhabenen Hin- und Herwegen ermöglicht, nicht etwa, um Energie, ein paar Kalorien hier und da, zu verbrauchen, nein, nur um einen anderen Menschen zu treffen oder eine zu rauchen. Doch die Lage hat auch Nachteile. Nicht nur ist das Zimmer der Oberschwester ganz in der Nähe, auch die Essenszeit kann leicht um zehn oder sogar fünfzehn Minuten vorgezogen sein, wenn man sie mit der der Zimmer am anderen Ende der Abteilung vergleicht. Was von manchen auch als Vorteil betrachtet werden könnte – sie stellt sich diese Leute gern vor, wie sie mit gespitzten Ohren und bebenden Nasenflügeln ungeduldig an der Tür horchen –, ist für sie nur zusätzliche Qual. Zehn Minuten Aufschub, die ihr bei jeder Mahlzeit gestohlen werden, zehn Minuten, in denen sie, wäre sie nicht die zuerst Versorgte, noch die Zeit genießen könnte, die ihr bliebe, bevor sie ihren Bauch wieder mit dem mehr oder weniger ausgesuchten Inhalt dieser Plastikschälchen füllen muss.

Sie hat die Bedingungen des Vertrags akzeptiert. Man wirft keine Nahrungsmittel in die Toilette, schiebt sie auch nicht anderen Patienten zu, man nimmt kein Abführmittel und erbricht sich nicht nach den Mahlzeiten. Dieser Vertrag beruht auf gegenseitigem Vertrauen. Ich übergebe mich prinzipiell nicht, hat sie ihm gesagt, höchstens unfreiwillig. Als Kind konnte sie nicht im Auto mitfahren, ohne zu kotzen. Sie mussten mehrmals am Straßenrand anhalten, sie erinnert sich noch an ihren nach vorn gebeugten Körper, an diese Kugel, die sich unter der Zunge hebt, kurz bevor sich der Magen verkrampft, im Mund und innen an den Lippen haftet ihr noch der säuerliche Geschmack von Speichel und halb verdauten Nahrungsmitteln. Manchmal kam das Erbrochene sogar aus den Nasenlöchern. Sie erinnert sich an die Kleenextücher, mit denen ihr Gesicht gesäubert wurde, an das Wasser, das sie trinken musste, um den Mund zu spülen, und an den hartnäckigen Geruch im Wagen.

Sie hat nie selbst ein Erbrechen herbeigeführt. Sie hat nur aufgehört zu essen. Das war einfacher. Mehr nicht.

»Sind Sie neu hier? Ich weiß, ich habe Sie am Montag ankommen sehen. Also ehrlich, so extrem hab ich das noch nie erlebt. Es gibt hier noch ein anderes junges Mädchen wie Sie, das heißt – Sie wissen schon, was ich meine … Und außerdem eine Frau, etwas älter als Sie. Haben Sie sie schon gesehen? Hatten Sie heute Abend auch Zucchini? Die schmeckten irgendwie seltsam, fanden Sie nicht? Ich schon, aber wissen Sie, solange es essbar ist, stelle ich mich nicht an. Sagen Sie mal, war das Ihre Mutter, die Sie gestern besucht hat? Sie wirkt so jung. Wie alt? Neununddreißig? Na so was. Ich muss sagen, ich finde Ihre Krankheit ziemlich mysteriös. Wenn man das überhaupt Krankheit nennen kann … Wenn mein Kind so was hätte, dann würde ich es schnell zur Räson bringen, das kann ich Ihnen sagen, na ja, ich habe keine Kinder, aber trotzdem … Sie verweigern die Nahrung, ich hingegen will weiter nichts als das Leben genießen. Das ist natürlich nicht das Gleiche, ich hatte nie Probleme mit den Nerven, es ist eher der Körper, der nicht mitmacht. Die Leber. Und auch noch was anderes. Ich finde, Ihre Mutter wirkt auch irgendwie komisch … eher ungesund. Wissen Sie, ich glaube, sie nimmt Drogen, so was erkennt man ja leicht. Und dann ist da noch eine Frau, die Sie besuchen kommt, auch aus der Verwandtschaft. Ja, sehen Sie, auf meinen Instinkt kann ich mich immer verlassen. Also, man sieht wirklich gleich, dass es nicht dasselbe Problem ist.«

In ihrem königsblauen Fleece-Morgenmantel sieht sie aus wie eine Zelluloid-Puppe. Von ganz oben an streicht sie sich über das fettige Haar. Ihr Gesicht glänzt, und ihre Poren sind erweitert. Sie redet weiter.

»Angeblich bekommen Sie Extras? Aha, und was für welche? Zwischenmahlzeiten? Ein Rosinenbrötchen? Das ist wirklich ungerecht. Sie versuchen, sich zu zerstören, und ich will doch bloß leben … Was soll's, genug davon, für heute reicht's mir, ich geh jetzt schlafen. Wie heißt noch das Sprichwort? Ein gesunder Geist in einem gesunden Körper! Mir ist öfter aufgefallen, dass in Ihrem Zimmer noch spät Licht brannte.

Leiden Sie etwa auch noch an Schlafstörungen? Nicht? Nun, jetzt verlasse ich Sie aber. Bis morgen.«

Die Blaue schlurft in ihren mit Bommeln verzierten Hausschuhen in ihre Gemächer zurück. Ende der ersten Runde. Das Krankenhaus sei ein Konzentrat der Menschheit, wird gern behauptet. Als Laure wieder in ihrem Zimmer ist, greift sie zum ersten Mal seit ihrer Ankunft nach ihrem Schulheft. Und schreibt auf das karierte Blatt: »Idiotin. Fette Kuh. Tratschtante.«

Sie darf ein Telefon haben, Bücher und Zeitschriften lesen und fernsehen. Hier gibt es das nicht nur im Tausch oder als Belohnung. In einem psychiatrischen Krankenhaus werden die Anorektiker in ein weißes Zimmer eingeschlossen und haben zur Gesellschaft nur ein Bett und einen Stuhl. Zerstreuungen werden vertraglich festgelegt: ein Buch – zwei Kilo, Schreibpapier und ein Stift – drei Kilo. Auch Besuch wird nur im Verhältnis zur Gewichtszunahme erlaubt.

Da wäre sie in den Hungerstreik getreten. Hätte das Übrige auch noch ausgelöscht. Das hätte sie nicht akzeptieren können, diese zusätzliche Gewalt, um ihr Gerippe in die Knie zu zwingen.

Sie erinnert sich noch an diesen Arzt, bei dem sie einige Monate zuvor gewesen war, damals, als sie angefangen hatte, auf der Straße zusammenzubrechen. Sie müssen in die Klinik kommen, hatte er mit fester Stimme immer wieder gesagt. Sie brauchen nicht zu sterben, um wiedergeboren zu werden. Doch sie kannte den Geruch dieser Klinik bereits. Sie hatte dort ihre Mutter besucht und sie auch dort abgeholt, wenn sie übers Wochenende nach Hause durfte. Ihre Mutter, die dort in einer geschlossenen Abteilung untergebracht gewesen war. Auf den Spuren ihrer Mutter? Niemals.

Sie brauchen nicht zu sterben, um wiedergeboren zu werden. Zu Hause hatte sie diese Worte aufgeschrieben. Und sie hatten dann weitergewirkt.

Wenn man kraus rechts strickt, kommt man schnell voran. Die Stricknadeln beschäftigen die Hände und zwingen den Körper zur Ruhe. Sie hört Musik im Radio. Musik, die sie daran erinnert, dass sie neunzehn ist und gern tanzt. Dass sie noch etwas anderes war als ein Gerippe, das man auf der Kirmes zur Schau stellen könnte. Dass sie in Pierre verliebt war. Dass sich seine Haut weich anfühlte, wenn man sie streichelte.

Erste Priorität ist die Gewichtszunahme, hat er gesagt. Ist der Ernährungszustand stark beeinträchtigt, treten Erscheinungen auf, die die Anorexie noch verstärken. Ein unterernährter Körper empfindet immer weniger Hunger. Die Muskeln machen ihren Job nicht mehr. Das Hirn wird nicht mehr versorgt. Die Körperfunktionen müssen wieder in Gang gebracht werden. Er sagt, sie müsse erst einmal und vor allem zunehmen, um überhaupt spüren zu können, wie mager sie sei. Sie solle essen, damit ihr klar werde, dass sie diese Angst überwinden könne, dass sie auch leben könne, wenn sie sich keinen Mangel auferlege. Gegen sich selbst kämpfen, sagt er, um eines Tages zu begreifen, dass man für sich selbst kämpft. Die Erfahrung zeige, dass ein Rückfall oberhalb einer bestimmten Grenze weniger wahrscheinlich sei. Er spricht mit ihr von gleich zu gleich, wie zu einer langjährigen Vertrauten, er legt ihr seine Strategie, seinen Schlachtplan vor, in gewisser Hinsicht komplottieren sie, sie muss ihn nur gewähren lassen, um gemeinsam mit ihm gegen dieses Monster, das sie verschlingt, Front zu machen und es zu ersticken.

Sie mag diese Strähne, die auf seinem Kopf oft hochsteht und mit der er aussieht, als käme er gerade aus dem Bett. Sie mag seine schräg abgebrochenen Schneidezähne, die vielleicht den wilden Jungen verraten, der noch in ihm schlummert. Sie mag seine Stimme, seine Distanz, diese sanfte Autorität, die er sehr dosiert einsetzt. Sie hat ihr Leben in seine Hände gelegt. Sie hält sich an die Spielregeln. Sie kaut gewissenhaft alles, was man ihr gibt. Fast alles. Sie schluckt es herunter, ohne die Angst hinauszuschreien, die jeden Bissen begleitet. Sie schreibt im Ernährungstagebuch alles auf, was sie zu den Mahlzeiten gegessen hat. Es ist keine Spalte zum Zusammenzählen vorgesehen. Im Geist zählt sie jeden Abend die Kalorien, die sie aufgenommen hat. Die Sonde zwingt ihr das Unmögliche auf, das Nichthinnehmbare, Hunderte von tückischen Kalorien, eine nährstoffgesättigte Flüssigkeit, die Tropfen für Tropfen ihrem gequälten Magen verabreicht wird. Doch die Sonde ist mit keiner Bewegung, keinem Geschmack, keinem Genuss verbunden. Die Sonde schafft keine Abhängigkeit. Fast geräuschlos tut sie die dreckige Arbeit.

Sie möchte ihm sagen, wie viel Angst sie vor der Gewohnheit hat, die sie unwillkürlich wieder annimmt: essen. Unablässig versucht sie sich selbst zu beruhigen, sagt sich, dass sie mit allem aufhören kann, dass sie nicht die Kontrolle verloren hat. Jenseits der widerwillig akzeptierten Kompromisse und der Kapitulationen, die ihr noch gar nicht bewusst sind, geht es ihr vor allem darum: die Kontrolle zu behalten. Die Gefahr der Abhängigkeit kommt von dem, was sie über den Mund zu sich nimmt. Bei jedem Bissen, den sie schluckt, sagt sie sich, dass sie es genauso gut nicht tun könnte, dass ihr Wille ungebrochen ist. Sie sucht nach dem Beweis für ihre intakte Macht, ich höre auf, wann ich will, wenn ich wieder zu Kräften gekommen bin, gerade genug, um zu überleben. Und dann gehe ich wieder hinaus auf die Straßen und laufe und laufe über die Bürgersteige, bis ich das Bewusstsein verliere. Sie isst, um ihren Körper zu retten, weil sie nicht sterben will. Inzwischen kennt sie aus wissenschaftlicher Quelle die Schwelle, bei deren Unterschreitung sie in Gefahr gerät. Die braucht sie nur zu erreichen und das Gewicht zu halten, mit einem Bein im Teller, mit dem anderen im Mülleimer. Die Erinnerung an den Rausch ist ihr noch so nah, an diesen Rausch des Fastens, der manchmal nach ihr ruft.

Als sie spürt, wie ihr fühlloser Körper zu kämpfen beginnt, wenn sie sich im Spiegel anschaut, weiß sie noch nicht, dass es schon zu spät ist.

Dass er sie in der Hand hat.

Dass das Leben manchmal wieder anfangen kann.

Im Gang ist sie Corinne begegnet. Bei ihr hängt das gleiche Röhrchen schaukelnd aus der Nase. Ihr Lächeln ist schüchtern, der Bademantel kann die Magerkeit ihres Körpers kaum verbergen. Sie haben sich angeschaut, sie haben nichts gesagt.

Jeden oder fast jeden Tag wird ihr Blut abgenommen. Jeden Morgen stellt die Krankenschwester die Flaschen mit Nährlösung auf den Tisch, die sie dann zur Hälfte in die Maschine kippt. Am Nachmittag kommt sie wieder und schüttet den Rest hinein. Die Tagesration. Der Transparenz halber kann man zusehen, wie der Pegelstand im Vorratsbehälter ganz langsam sinkt. Die Maschine summt. Laure strickt. Und schreibt ein wenig. Lesen kann sie noch nicht. Sie liest schon lange nicht mehr. Sie, die früher ganze Tage lang Bücher verschlang und sich dabei vom Geräusch des Regens auf den Dachziegeln wiegen ließ.

Abends bleibt sie bis spät in die Nacht wach. In der Nacht wird es still. Nach dem Essen macht der Wagen mit den Medikamenten eine letzte Runde. Die Türen werden geschlossen, die Neonlampen ausgeschaltet. Am Flur entlang gehen die Nachtlämpchen an. Bevor man die Sonde wieder anschließt, kann man noch eine Zigarette rauchen gehen. Die Aussicht vom zwölften Stock ist schön. Im Dunkel leuchten die Lichter der Stadt wie tausend Kerzen auf einem Geburtstagskuchen, wie tausend flackernde Verheißungen.

Zweimal in der Woche wird gewogen. Man ruft sie alle, man klopft an die Tür. Im Morgenmantel, in der Unterhose oder im Schlafanzug kommen sie einzeln heraus, immer ein wenig ängstlich, und sehen sich misstrauisch um, ob die Wände auch keine neugierigen Ohren haben. Die Waage der Etage steht genau vor ihrer Tür. Die Stunde der Wahrheit. Zwischen den Fingern der Krankenschwester gleiten die Gewichte über die Stange, bis sie in der Waagerechten ist. Das Ergebnis wird immer laut verkündet.

Hundertunddreißig Kilo! Sie kann nicht anders, vom Bett aus verdreht sie sich den Hals, um dieses Exemplar zu sehen. Weiße Palmen ziehen sich über einen blauen Kimono. Schweigend und mit gesenktem Kopf steigt es von der Waage und schlüpft in die Flipflops, die es auf dem glänzenden Linoleumboden stehen lassen hat.

IV

»ROTKOHL, RUSSISCHE EIER oder Knoblauchwurst? Zungenragout, Pfeffersteak oder Schinken? Salzkartoffeln, grüne Bohnen oder Ratatouille?« Jeden Morgen wird das Menü zusammengestellt. Die Schwesternhelferin nimmt in den Zimmern die Bestellungen auf und locht gewissenhaft die rechteckige Karte, mit der dann eine Maschine gefüttert wird.

Doch manchmal zeigt der Computer Zeichen von Schwäche. Oder Überdruss. Es reicht schon, wenn es ein Loch zu viel ist. Sie war auf die gebackene Dorade gefasst und sieht dann Würstchen im Fett schwimmen. Verzagtheit. Zorn. Sie ist kurz davor, die Flinte, den Teller, das Besteck und überhaupt alles ins Korn zu werfen und das Kind mit dem Bade auszuschütten, so ein Scheiß aber auch. Ich habe Fisch mit grünen Bohnen bestellt und Würstchen mit Pommes frites bekommen, wie soll ich es so schaffen? Schluchzer schütteln den Körper. Ich ertrage diesen Schlauch in der Nase nicht mehr, dieses ganze Essen, die Obstsäfte, die Kompotte, die Croissants zwischendrin, ich will nach Hause, ich schaffe es nie.

Er ist in ihr Zimmer gekommen. Sie weint noch, sie, die doch keine Tränen mehr hatte. Er tritt zu ihr. So nah, dass sie seine Körperwärme zu spüren glaubt. Sie weiß, was er ihr sagen wird. Dass man durchhalten muss, dass das Leben anderswo ist. Doch er beginnt leise eine Geschichte zu erzählen. Es war einmal ein kleines Mädchen, das den ganzen Tag oben auf dem Ast eines Baumes las. Eines Tages wurde es zum Abendessen gerufen, doch es wollte nicht hinunterklettern. Es wurde Nacht, doch es hatte keine Angst. In der Ferne war Donner zu hören, in der Ferne zerrissen Blitze den hellen Himmel. Es ist die Geschichte eines kleinen Mädchens, das auf einem Ast sitzt und nichts mehr isst, nur noch Bücher verschlingt.

Er erfindet es für sie, zögert bei der Wortwahl, denn Wörter können manchmal ein zu großes Gewicht haben.

Die Kleine blieb da im Baum, Tag um Tag, man rief sie, flehte sie an, brachte Leitern und Hocker, versprach ihr Bänder und Klaviere, man versprach ihr den Mond vom Himmel.

Er sieht sie nicht an, während er erzählt, er sucht in sich selbst den Zauber der Gutenachtgeschichten, die verlorene Süße der Kindheit. Sie wartet. Und weint still.

Es ist die Geschichte eines kleinen Mädchens, das Papier kaute, Seite um Seite. Bald schon wurde sein ganzer Körper grau, der Regen hinterließ Tintenspuren auf seiner Haut. Bald schon schrumpfte es und wurde ganz klein und dünn wie Pergament oder vielleicht Blattgold. Die Leitern und Schemel waren weggeräumt. Man ließ es auf seinem Ast verschwinden. Im Haus weinte man still, man saß am Feuer und beweinte das kleine Mädchen, das es einmal gewesen war, ein süßes Mädchen aus Fleisch und Blut, man beweinte das verlorene kleine Mädchen, das immer weiter zusammenschmolz und sich an einen Ast klammerte, niemand wusste, woher es noch die Kraft dazu nahm. Eines Tages brach ein Unwetter los und erfüllte die Stille. Die Äste bogen sich unter dem Zorn des Windes. Es war ein gigantischer Zorn, wie man ihn noch nie erlebt hatte. Am Morgen darauf war das Mädchen nicht mehr da. Es hatte eine Nachricht auf dem Ast hinterlassen, die es auf einen Zettel geschrieben hatte. Eine Nachricht, die man nicht lesen konnte.

Er hat aufgehört zu erzählen. Sie sucht nach dem Sinn der Geschichte. Sie weint noch heftiger.

Das Leben ist draußen, Laure, sagt er, das Leben, das Leben.

Irgendetwas tief in ihr hat sich bewegt. Der Körper beruhigt sich.

Sie heißt Laure, sie ist nur noch ein abgenutztes Stückchen Pappmaschee in seiner Hand, wie ein Körnchen Leben.

Sie hat einen kalten Teller vor sich. Warum ist es so weit gekommen? Sie betrachtete sich im Spiegel, ohne sich zu sehen, freute sich über die Augenringe und die Ausgezehrtheit wie über einen Sieg. Der Körper, der sich aushöhlt und sich endlos aushöhlen zu können scheint. Sie hatte sich das Leid nicht vorstellen können, das sie erwartete, als nichts mehr übrig war, an dem man hätte nagen können, außer ihrer Seele. Sie brauchte nichts, sie hing von nichts ab, sie war nur noch ein Partikel-Konzentrat, immer in Bewegung, ein paar in einem Lichtstrahl tanzende Staubkörnchen. Jetzt ist es schon anders. Als hätte sie das Augenlicht wiedergefunden. Ganz langsam hebt sich der Schleier, und sie sieht, was sie mit sich gemacht hat. Sie sieht diesen alters- und geschlechtslosen Menschen, der sie anschaut, die faltige Haut und die grauen Zähne.

Seit wann erzählen Ärzte Geschichten?
Das Leben, Laure, das Leben.

Ihr Vater hat sie im Krankenhaus besucht und ihr eine »Fernsehmischung« von Bahlsen mitgebracht. Eine goldfarbene Verpackung, dicht gefüllt mit Mandeln, Rosinen, Hasel- und Erdnüssen. Das schreibt sie, nachdem er wieder weg ist: »Er hat mir Erdnüsse mitgebracht.« Doch auf dem Papier wirkt der Satz unanständig, so monströs, dass sie es kaum glauben kann. Aber es stimmt. Die Schrift kann nichts dafür. Eines Tages, mehrere Wochen bevor sie in die Klinik ging, hatte er sie angerufen, um ihr zu erklären, so gehe das nicht, er ertrage es nicht mehr. Er habe nämlich den Eindruck, ein Biafrakind im Fernsehen zu sehen, bloß ohne Fliegen. Er sei müde und fix und fertig, du verstehst schon. Am Ende seiner Kräfte. Dieses ganze Leid, das einem die Kinder zufügten. Magersucht habe etwas mit Problemen in der Beziehung zur Mutter zu tun, eine Art Rollentausch, das sei in allen Frauenzeitschriften zu lesen, hörst du, mit der Mutter. Wozu also sich einen solchen Anblick zumuten? Aber er hatte nicht widerstehen können. Er wollte die Bestie im Käfig sehen, das war ihm schon einen Umweg wert. Das Stöhnen einer alten Frau ließ seinen Mut schrumpfen. Im zwölften Stock gibt es nicht nur unbelehrbare Gerippe und hungrige Walfische, hier sterben auch alte Menschen. Weißt du, die wissen einfach nicht mehr, wohin mit denen. Ach, du gehst schon?

Als er weg ist, fasst sie ihr Aufbegehren in ein paar Worte, die sie hastig ins Heft schreibt. Ja, sie hatte übergroße, von dunklen Ringen umrahmte Augen, Streichholzärmchen und eine so gespannte Haut, dass sie nicht mehr lächeln konnte. Ja, stimmt, sie konnte nicht mehr hören und kaum noch sprechen. Sie torkelte, fiel auf der Straße hin, konnte nicht einmal mehr die Knie beugen. Ja, sie schlotterte vor Kälte und verlor büschelweise Haare. Ja, das war ein Schlamassel, ein echter Schlamassel, gewissermaßen Perlen vor die Säue. Ja, aber sie war seine Tochter.

Laure schreibt. Häufig morgens. Über die Frau im Fleece-Morgenmantel, die so gehässig herumschnüffelt und die sie »die Blaue« getauft hat, und auch über die anderen, ihre Gefährten in der klimatisierten Atmosphäre. Sie schreibt Gespräche auf, Anekdoten, unwichtige kleine Geschehnisse, die sie beobachtet, wenn sie in den Gängen umherschlendert, oder auch vom Bett aus, wenn die Tür offen steht.

Fatias Mann besucht sie jeden Tag. Er bringt Datteln, Mandelkuchen und Engelshaar mit. Fatia hat ihren Mann mit in Laures Zimmer genommen, um ihn ihr vorzustellen. Er schüttelt Laure die Hand. Senkt den Blick. Fatia freut sich, ihm jemanden zeigen zu können, der aussieht wie sie, eine Art, ihm zu sagen, dass sie nicht die Einzige ist, dass das ganz normalen, anständigen Menschen passieren kann. Sie reden ein bisschen über die Fernsehshow, die am Abend zuvor auf TF1 gelaufen ist und die sie in Laures Zimmer gesehen haben, die übrigens auch er gesehen hat, mit Tänzerinnen, die hinter den Sängern standen und mit dem Hintern wackelten.

Das waren echte Frauen, sagt er, mit allem, was dazugehört. Er kichert.

Die Mahlzeiten folgen aufeinander, und eine gleicht der anderen. Jede setzt Ruhe und psychologische Vorbereitung voraus. Die kleinste Aufregung, das winzigste Ärgernis machen die Sache noch schlimmer. Und doch, Laura schluckt wacker. Es dauert. Eine Dreiviertelstunde, sie hat es schon mit der Uhr kontrolliert. Die Nahrungsmittel müssen methodisch zu Brei gekaut werden. Aber der darf nicht zu weich sein. Nur gerade so weich, dass er die Kehle hinuntergleitet, ohne wehzutun, ohne ein Erstickungsgefühl auszulösen. Unterhaltungssendungen können eine gute Ablenkung sein. Sie versucht, ihre Gedanken vom Teller zu lösen, das erfordert sehr viel Konzentration, man darf die Stücke auf dem Teller nur gerade so lange ansehen, dass man sie auf die Gabel spießen kann, die mehr oder weniger fette Flüssigkeit, in der sie schwimmen, gar nicht beachten und auch nicht über die Zusammensetzung des Ganzen nachdenken. Sie isst alles, was man ihr gibt. Die Sonde übernimmt den Rest. Sie stellt sie nachts an und auch vormittags, wenn sie schreibt. Sie schummelt nicht. Und weicht allen Spiegeln möglichst aus.

Laure geht jeden Tag in die Cafeteria im ersten Stock hinunter. So kommt sie ein bisschen herum. Der Kellner füllt ihre Thermosflasche mit kochendem Wasser, damit sie sich ihre Tees kochen kann. Nach vier Wochen Krankenhaus braucht man einen Tapetenwechsel.

»Wenn du zwanzig Kilo zugenommen hast, heirate ich dich!«

Hinter seinem keimfreien Bartresen zieht er seine Mutmachnummer ab. Solche wie sie hat er sicher schon oft gesehen, mit weichen Streichholzbeinchen und dem Schlauch hinterm Ohr. Er versucht ihr alles Mögliche unterzujubeln: Kuchen, heißen Kakao, Croissants. Die Frauen mit ein bisschen Fleisch auf den Rippen sind schön. Schau dich doch mal an, wie siehst du denn aus?

Sie sieht aus wie eine auseinandergebogene Büroklammer, wie ein Drahtbügel aus der Reinigung, wie eine Fernsehantenne nach einem Unwetter.

Die Assistenzärzte sitzen bei einem Milchkaffee zusammen und erzählen sich die neusten Witze der Nacht. Sie betrachtet den weißen Schaum auf ihren Lippen, sieht sie lachen. Die Mädchen sind schön in ihren makellos weißen Kitteln, sie platzen vor Gesundheit und Selbstvertrauen. Wie gern wäre sie an ihrer Stelle, wie gern wäre sie eine andere. Wie gern würde sie ihre Brust zwischen den verschränkten Armen auf der Tischplatte abstützen. Wie gern wäre auch sie begehrenswert. Sie ist nur eine in ihren Kleidern ertrinkende Stecknadel, ein von Scham und Angst erfüllter Zombie. Eine arme Irre, die ihr Leben zerschossen hat, geschieht ihr recht, durchsichtig, erbärmlich, ein bis aufs Mark zernagter alter, verwester Knochen.

Es ist allmählich gekommen. Sie versucht herauszufinden, wann die Krankheit begonnen hat, sie sucht. Sie sagt »meine Krankheit«, dieses fremde, schwere Wort, das bisher ihrer Mutter vorbehalten war. Sie sagt nicht mehr »meine Anorexie«, das kratzt zu sehr in den Ohren. Mit siebzehn wollte sie ihren Babyspeck loswerden, sie erhoffte sich schmale Wangen, um ein bisschen mehr nach einer Femme fatale auszusehen. Im späten Frühjahr begann sie wie alle Mädchen ihres Alters eine Diät, um im Bikini über den Strand stolzieren zu können. Eine Woche lang aßen Tad und sie nur noch gegrilltes Hähnchen und Gemüse. Sie rannten im Trippelschritt um den Couchtisch. Um sich dann vor Lachen auf dem Teppichboden zu wälzen. Nach einigen Tagen schafften sie es nicht mehr. Sie gingen raus und kauften sich ein vor Mayonnaise triefendes Sandwich, Fritten mit Ketchup und als Nachtisch Éclairs.

Wenn sie es recht bedenkt, hat es eigentlich später angefangen, es hatte nichts mit den Modezeitschriften zu tun. Sie erinnert sich vor allem an den Ekel. Erst vermied sie rotes Fleisch, dann strich sie alles Fleisch, Geflügel und Wurst- und Fleischwaren, danach alle tierischen Eiweiße, Eier und Käse. Später vermied sie jede Form von Fett. Und Zucker. Sie fühlte sich immer besser, immer leichter und auch immer reiner. Sie wurde stärker als der Hunger, stärker als ihre Bedürfnisse. Je magerer sie wurde, desto mehr strebte sie nach diesem Gefühl, um es noch besser zu beherrschen. Nur um diesen Preis gelangte sie zu einer Art Erleichterung, Besänftigung. Doch sie musste sich jedes Mal ein bisschen mehr aushungern, um zu diesem Machtgefühl zu gelangen, in einer Kettenreaktion, die sie als Sucht erkannte, als sie stufenweise die Anzahl der zugeführten Kalorien reduzierte. So maß sie ihre Unabhängigkeit, ihre Nicht-Abhängigkeit. Abnehmen war das Ergebnis, im Spiegel sah sie den greifbaren Beweis ihrer Macht und auch ihres Leidens. Sie sah zu, wie der Zeiger der Waage nach links gezogen wurde und sich jeden Tag ein bisschen mehr unter dem Gewicht ihres Willens bog. Sie erschreckte die Leute. Auf der Straße sah man sich nach ihr um. Wenn sie in die Metro stieg, standen die Leute auf. Man machte ihr Platz, damit sie sich setzen konnte. Und man verkniff sich keinen Kommentar. Hast du die Beine von dem Mädchen gesehen? He! Auschwitz ist vorbei, noch nichts davon gehört? Meine Nachbarin hatte Krebs, die sah genauso aus. So jung, wie traurig … Die Beleidigungen laut, das Mitgefühl leise.

Eines Tages besuchte sie ihre Tante, die in den Galeries Lafayette arbeitete. Als sie mit der Rolltreppe oben ankam, ging sie schnurstracks zu ihr in die Damenmodeabteilung. Sie hatten sich schon lange nicht mehr gesehen. Und dann bekam Nicole mitten zwischen den Regenmänteln einen Panikanfall. Sie brach in Tränen aus, ließ ihre Blicke über die Kleiderständer ringsum irren, streckte die Hände in die Höhe, o nein, das darf doch nicht wahr sein, das ist doch unmöglich, du musst ins Krankenhaus, wir brauchen einen Krankenwagen. Schluchzend und aufgelöst wandte sie sich sogar an die Kunden und hielt dabei die Hände vors Gesicht, um Laure nicht ansehen zu müssen. Als Laure wieder zu Hause war, betrachtete sie sich im Badezimmerspiegel, doch sie sah nichts, weder den Tod in ihrem Gesicht noch die eispickelspitzen Schultern. Sie hatte aufgehört, sich zu sehen. Es war zu spät. Weder Angst noch Aufbegehren konnten sie noch erreichen. Sie fühlte sich gut. So viel leichter. Sie wollte nicht sterben, nur verschwinden. Unsichtbar werden. Sich auflösen. Mit einer halben Pampelmuse im Magen schwebte sie ganze Tage lang draußen über die Bürgersteige, um ihren Körper noch weiter zu leeren. Mittags aß sie ein paar Salatblätter, abends trank sie Tütensuppen – Instantsuppe aus neun Gemüsen von Knorr (49 Kalorien) oder Passierte Tomatensuppe von Royco

(45 Kalorien), und manchmal gönnte sie sich auch einen Danone-Joghurt mit null Prozent Fett (55 Kalorien). Danach nahm sie ein brühheißes Bad. Nachts hinderten sie Brathähnchengerüche am Einschlafen oder weckten sie aus einem von Nahrungsmittelträumen heimgesuchten Schlaf. Ihr Körper schrie vor Hunger.

Fatia hat keinen Fernseher in ihrem Zimmer, zu teuer. Abends kommt sie oft zum Fernsehen ins Zimmer von Laure, die beim Stricken Tränen über *Dallas, Der Denver-Clan* und *Belphégor* lacht. Fatia empört sich und gibt reichlich Kommentare ab. J. R. Ewing sei ein echter Dreckskerl. Sie stopft sich mit gefüllten Datteln voll und schimpft mit Laure, wenn diese nicht von ihrem Kraus-rechts-Muster aufsieht. Nun guck doch mal, wie Sue Ellen säuft!

Fatia ist eine Rebellin. Sie findet den Fraß im Krankenhaus grausig und isst nur die Süßigkeiten, die ihr Mann ihr mitbringt. Sie raucht den lieben langen Tag, sogar abends in ihrem Zimmer, trinkt literweise Kaffee und irrt zu sehr später Stunde durch die Flure. Fatia klagt: über ihren schmerzenden Körper, ganz allgemein über ihr Leben, darüber, dass sie nichts Weiteres erzählt, und darüber, von Allah verlassen worden zu sein. In ihrer paillettenbesetzten Djellaba funkelt sie wie tausend Feuerchen. Sie geht barfuß über das Linoleum.

Manchmal zerreißt ihr kindliches Lachen die betäubte Stille, und Laure fragt sich immer, wieso sich die Welt ihrem Leid nicht zu Füßen wirft.

Doktor Brunel kommt fast jeden Tag zu Laure. Wenn er eintritt, schüttelt er ihr die Hand wie einem Kollegen im Büro. Manchmal neckt er sie, wenn sie im Schneidersitz auf ihrem Bett sitzt, als wollte sie mit einem fliegenden Teppich abheben. Er tut so, als interessierte er sich für ihr Strickzeug, und er fragt sie nie, ob sie isst. Er freut sich über die regelmäßige Gewichtszunahme und stellt fest, dass sie fast schon anfängt, einem menschlichen Wesen zu ähneln.

Sie wartet auf ihn. Sie horcht auf seine Stimme, wenn er über den Flur geht oder sich länger im Nebenzimmer aufhält. Sie hat die Waffen gestreckt. Während sie sich ganz diesem Warten hingibt, genießt sie die seltsame Bindung, die er zwischen ihm und ihr hat aufbauen können, als einziges greifbares Zeichen für ihren Lebenswillen. Er schüchtert sie ein wenig ein. Und sie schüchtert ihn auch ein, das weiß sie. Wegen dieses Schmerzes und wegen dieser Sanftheit zwischen ihnen. Sie hat ihren zerbrechlichen Körper in seine Hände gelegt, sie hat ihm alles gegeben, was ihr noch an Bewusstsein geblieben war, und auch, in einem Eierkarton verpackt, die Winzigkeit Vertrauen, die sie noch schenken konnte. Sie dürfen sich keine Fehler erlauben.

Später wird er in Fernsehsendungen voller Selbstvertrauen erklären, wie er die Krankheit angegangen ist. Später wird sie lächelnd an den jungen Arzt denken, der er damals war und der vielleicht vor allem sehr intuitiv war. Dünnhäutig.

Manchmal erzählt sie ihm etwas. Auch eine Geschichte wie Hunderte andere. In kleinen, unzusammenhängenden Brocken. Von der Gewalttätigkeit ihres Vaters. Der Gewalttätigkeit der Worte. Von ganzen Nächten mit Louise am Tisch. Wo sie die Brotkrumen zählen, während er sie beschimpft, ohne es überhaupt zu merken, Schlampen, Huren, Rotznasen. Sie räumen den Tisch ab. Die Teller, die beschmutzt sind von dem roten Fleisch, das er ihnen zu jeder Mahlzeit zu essen gibt. Gutes Gewissen in Form von Braten, Filets, Tournedos, er ist stolz darauf, das ist was anderes als die vielen Kilos Nudeln, die sie bei ihrer Mutter zu essen bekamen. Solange sie sich über die Spülmaschine beugen, fühlen sie sich geschützt. Doch sie müssen zurück an den Tisch. Es hat ja gerade erst angefangen. Laure malt mit einer Gabel auf der Tischdecke. Louise weint still. Sie trinken, er und seine neue Frau, schlimmer als J. R. und Sue Ellen. Es ist, als hätte er die Stiefmutter vergiftet, sie schimpft und wettert und weint manchmal ebenfalls über das Ungemach, das die beiden Mädchen ihnen zufügen, diese Schnüfflerinnen, diese Märtyrerinnen. Die ganze Nacht lang überschwemmt er sie mit Worten, mit hundertfach wiederholten Geschichten, mit Vorwürfen, mit dem ganzen Hass, den er ausspeit, Hass auf ihre Mutter, Hass auf seine eigene Familie, auf seine Geschwister, mit denen er gebrochen hat, Wörter wie Unrat. Verdorbene, schlecht gewordene Wörter, die nicht mehr verdaulich sind. Die im Magen hängen bleiben. Die ganze Nacht lang, bis zum frühen Morgen. Anfangs protestieren sie. Wehren sich ein bisschen. Revoltieren mit schrillen Kinderstimmen. Sie hoffen, ihm zu entkommen, sich wegschleichen zu können, bevor er wieder entgleist. Ihre Argumente sind dürftig angesichts der Allmacht seiner Argumentationen. Nein, Scheiße, nicht heute Abend, morgen habe ich eine Mathe-Arbeit. Doch er ist schon in Fahrt. Die Whiskyflasche steht vor ihm. So ist es immer. Sie schreien ein bisschen, vor allem Laure, wegen dieses Ekels, der ihr in den Mund steigt.

Doch er schreit lauter. Seine Augen sind rot, und sie haben Angst. Beide weinen sie still und lassen ihn reden. Sie warten darauf, dass es vorübergeht. Formen Kügelchen aus den Brotkrumen. Wagen ihn nicht anzusehen. Sie warten auf den Moment, in dem sie endlich zu Bett gehen dürfen und die weiche Bettwäsche sich wie eine Art Waffenstillstand anfühlen wird. Morgen in der Schule werden sie versuchen müssen, einen guten Eindruck zu machen. Und ihre Augen werden rot und geschwollen sein vom Weinen in der Nacht.

Es ist Viertel vor sechs. Der Körper tut weh. Die Whiskyflasche ist leer. Er hat sich auf der Toilette übergeben. Da seht ihr, was ihr eurem Vater antut, hat sie gesagt. In gewisser Weise ist sie die Karikatur einer Stiefmutter. Ein Archetypus. Selbst die von Schneewittchen wäre nicht so weit gegangen.

»Also ehrlich, viel nehmen Sie ja nicht zu, bei allem, was Sie angeblich essen. Leute wie Sie sind zu allem fähig, das habe ich schon oft gehört. Werfen Sie Ihr Essen wenigstens nicht ins Klo? Denn Sie wissen ja, die merken es dann doch, und offen gesagt glaube ich nicht, dass die das durchgehen lassen. Geben Sie Ihre Extras an jemanden weiter? Nein, nein, ich meine ja nur, natürlich geht es mich nichts an, ich sage es nur zu Ihrem Besten. Also wenn Sie das alles essen, warum sollte es dann nicht irgendwann auch anschlagen. Vielleicht sollten Sie mehr im Bett bleiben. Früher schlafen gehen. Na ja, das ist ja letzten Endes Ihre Sache! Jedenfalls werden die es doch irgendwann merken. Aber nein, das wollte ich damit natürlich nicht sagen, entschuldigen Sie bitte, aber gar nicht. Haben Sie gesehen, morgen gibt es Pommes, ich freue mich schon darauf!«

Die Blaue trägt jetzt statt ihres Morgenmantels einen eben-falls blauen Babystrampler und sondert ihre Gemeinplätze mit wachsender Begeisterung ab. Sie schnüffelt und spioniert und rafft hier und da zusammen, was ihrer Genesung förderlich sein könnte.

Laure schwillt sichtlich an, schon jetzt bekommt sie die beiden Hosen, die sie mitgebracht hat, nicht mehr zu. Sie lässt es ge-schehen. Sie weiß nicht, warum, sie weiß nicht einmal, ob sie daran glaubt. Sie weiß nur um diesen Weg, der schon hinter ihr liegt, um diese vergessenen Empfindungen, die sie langsam wiederfindet, um diesen Körper, der sich wieder in Gang setzt. Sie staunt über dieses autonome Leben, das in ihr wieder sei-nen Lauf nimmt, sie spürt ihren Magen, der sich zusammen-zieht, ihr Gedärm, das sich windet, sie spürt, dass diese ge-heimnisvollen Organe wieder ihren Job machen und dass es ihnen schwerfällt, nach wochenlanger betriebsbedingter Kurz-arbeit wieder an die Arbeit zu gehen. In ihrem Inneren ist stän-dig etwas los. Sie lässt es geschehen, aber sie hat Angst, Angst, nicht mehr damit anfangen zu können, nicht mehr alles rück-gängig machen zu können.

Angst, wieder damit anzufangen und alles rückgängig zu machen.

Sie hat Angst, da rauszukommen und nicht da rauszukom-men.

An den Abenden, an denen sie lange aufbleibt, sieht sie mit einer Mischung aus Abscheu und Vergnügen, dass ihr Gesicht im Spiegel trotz der Sonde und all der Nahrungsmittel, die sie brav hinunterschluckt, immer noch bleich ist.

Fatia durfte über das Wochenende nach Hause. Am Sonntagabend kam sie ein wenig betrunken zurück in die Klinik. Sie hatte sich geschminkt, der Kajalstrich hatte sich in zwei dunklen Tränen unter ihren Augen gesammelt. In einer Tupperdose hatte sie Laure Couscous mitgebracht. Sie wollte sich für das Fernsehen bedanken und für das Toilettenpapier, das Laure ihr gibt und das weicher ist als das des Krankenhauses. Sie hatte ihr Haar gelöst, sie war schön. Sie lachte. Als sie zu Bett gegangen war, schüttete Laure den Couscous in die Toilette. Selbst ein einziger Bissen wäre über ihre Kraft gegangen.

Monsieur Hundertdreißigkilo in seinem Palmenbademantel wiegt sich zehnmal am Tag. Wenn ihre Tür offen ist, beobachtet Laure sein Spiel. Er steigt auf die Waage und wieder herunter, versucht immer wieder sein Glück, mit Gürtel oder ohne, mit Schuhen oder ohne. Immer neue Experimente. Kehrt verdrossen in sein Zimmer zurück. Taucht zwei Stunden später wieder auf. In Shorts und voller Hoffnung. Er schätzt die Wirkung der verschiedenen Accessoires ab, befasst sich mit dem Verhältnis zwischen Gewicht und Zeitpunkt des Wiegens: vor und nach den drei Blättern Salat zum Mittagessen, vor und nach dem ungesüßten Tee, den er am Nachmittag voller Selbstmitleid in kleinen Schlucken getrunken hat.

Zwischen Essensausgabe, Fiebermessen und Wiegen fransen die Tage aus, verlieren an Kraft. Sie versteht, in kleinen Brocken, kleinen Happen. Sie grübelt. Über Worte. Wie Meteoriten schießen ihr die Worte ihres Vaters durch den Kopf. Und die Worte ihrer Mutter, die seltener waren, abgründig. Auch darüber grübelt sie, zusätzlich zu allem anderen. Sie versucht zu sortieren, ein wenig aufzuräumen und nach und nach wegzuschmeißen. Sie muss Ballast abwerfen, um weitermachen zu können.

Sie brauchte es, so ernährt, getragen und umhüllt zu werden. Sie brauchte dieses überheizte Zimmer, das vor der Welt geschützt ist und auch vor ihr. Sie brauchte ein wenig Fett, um sitzen zu können, ohne dass die Knochen durchstießen. Sie versucht sich immer noch zu erinnern, sie versucht, eine Ordnung, die Chronologie wiederzufinden. Sie sucht nach einer Logik. Ganz langsam kommt sie vorwärts. Dennoch, je mehr sie zunimmt, desto größer wird ihre Angst, sie sei in eine Falle geraten, könne nicht mehr kämpfen. Aber wogegen?

V

MAN MUSS DAS WASSER lange laufen lassen. Damit es wirklich heiß wird. Vor allem abends presst sich Laure Wärmflaschen auf den Bauch, um den Schmerz einzulullen. Der Bauch bläht sich und gurgelt. Dass sie ihren Körper so spürt, hindert sie am Einschlafen. Er leidet, zermalmt, käut wieder. Sie hört, wie er jault und klagt. Sie träumt, sie erinnert sich.

»So ungewöhnlich dies erscheinen mag, meine Tochter verträgt keinen Vanillepudding, daher wäre ich Ihnen dankbar, wenn Sie ihn ihr ersparen würden, da diese Unverträglichkeit bei Laure starke Migräneanfälle auslöst. Hochachtungsvoll …«

Die Lehrerin mustert sie. Sie hat eine zweifelnde Miene aufgesetzt, das Lehrer-Eltern-Heft mit der Unterschrift ihrer Mutter aufgeschlagen in der Hand. Laure hält diesem Blick siegreich stand.

Fatia hat noch ein anderes Mädchen in Laures Zimmer mitgebracht, sechsundzwanzig Jahre alt und zweiundvierzig Kilo schwer. Ebenfalls Algerierin. Der Club der Geripppe hat sich, nachdem im Flur der letzte Wagen durch war, vor *Belphégor* versammelt. Laure hat ihre Sonde wieder angeschlossen und strickt, während sich die beiden anderen mit getrockneten Aprikosen vollstopfen. Laure gibt ihnen ein wenig heißes Wasser für ihren Nescafé, in den Fatia drei Tütchen Zucker schüttet. Das andere Mädchen ist seltsam. Sie betrachtet Laure voller Interesse. Dann entschuldigt sie sich und geht Clementinen und Brot holen. Fatia sagt, dass sie von einer anderen Station komme, sie kapiere nichts, sei aber nett. Als sie wiederkommt, räumt sie das Rolltischchen leer und säubert es. Ihre Art, sich zu bedanken. Sie geht im Zimmer hin und her, und wenn sie könnte, würde sie den Boden mit einem Kleenex wischen. Fatia sagt mit ihrem Akzent noch einmal, dass die andere nichts verstehe. Daher versucht ihr Laure alles zu erklären, das Gespenst, die Handlung, die überraschenden Wendungen. Sie wirkt wie ein ausgehungerter Marsmensch, der an einem Sonntagvormittag im Morgenmantel mitten auf dem Flohmarkt von Saint-Ouen gelandet ist. Nach dem Film gehen die beiden. Laure begleitet sie, um einen Verdauungsspaziergang zu machen. Dann schlendert sie noch ein wenig über die Flure. Anscheinend hat das Sandmännchen sie vergessen, schon wieder. Sie bewahrt unten in ihrem Nachtschrank noch ein Sahnetörtchen auf, das wird sie ihm an den Kopf werfen, sollte es seine heuchlerische Visage zu zeigen wagen.

Laure muss immer noch jeden Morgen gegen die Versuchung des leeren Magens, des toten Magens ankämpfen. Jeden Morgen genießt sie zwischen dem Fiebermessen um sieben Uhr und dem Frühstück, das auf sich warten lässt, diese kleine Leere, die sie an den Rausch des Fastens erinnert. Jeden Morgen muss sie angesichts des Tees mit Milch und der Butterbrote auf diesen kleinen Abgrund verzichten, der nach ihr ruft. Jeden Tag verzichten. Auf den wesentlichen Körper, der auf sein Essenzielles reduziert wurde, der verschwindet. Davon träumt sie, Treppen hinauf- und hinuntergehen, gehen, immer weitergehen, um eine Straßenecke, vielleicht davonfliegen, leben, ohne zu essen, sich von innen verzehren, literweise Kaffee und Essig trinken, um alles zu verbrennen. Alles zu betäuben. Sie muss darauf verzichten, es vergessen. Sich auf die Morgen-Extras stürzen.

Doppelte Portion Butter, doppelte Portion Konfitüre, Kompott, Joghurt.

Das Warten hat einen seltsamen Geschmack. Säuerlich.

Sie wartet auf Dr. Brunel. Sie mag es, dass rings um sie über ihn gesprochen wird. Er scherzt mit den Krankenschwestern, und sie stoßen sich mit dem Ellbogen an, wenn er ihnen den Rücken zukehrt.

Manchmal kommt er, manchmal nicht. Manchmal kommt er näher, manchmal entfernt er sich. Er nimmt nie zurück, was er gegeben hat. Er weiß um dieses Bedürfnis, das sie nach ihm hat, aber er lässt sie auch allein kämpfen, sie muss es lernen, verstehen.

»Wie viel? Und die essen Sie alle? Ach, das würde man aber nicht denken. Letzten Endes sind Leute wie Sie für das Krankenhaus sehr teuer. Mit all den Extras, den Untersuchungen, den Einzelzimmern, der ganze Aufstand, all das für ein rein psychologisches Problem, oder? Das ist schon ein bisschen verwirrend. Ich muss in die Cafeteria gehen und mir einen kleinen Kuchen oder so kaufen, dabei sind doch meine Tage gezählt. Übrigens lässt das Essen hier zu wünschen übrig. Ich habe gesehen, dass Sie sich ein bisschen mit der Algerierin angefreundet haben, die auch eine Sonde hat. Aber die Kleine, die dasselbe hat wie Sie, die auf Nummer 5, die sieht man nie. Die kommt nie aus ihrem Zimmer. Dabei ist sie lange vor Ihnen hier angekommen, wissen Sie. Das ist doch nicht gesund, so den ganzen Tag im Zimmer eingeschlossen zu bleiben. Es steckt einfach etwas sehr Psychologisches dahinter, davon wird man mich nicht abbringen. Sie können sich ja denken, dass es in den Ländern, in denen man nicht genug zu essen hat, Leute wie Sie gar nicht gibt.«

Eines Morgens klopft Laure leise an die Tür. Corinne macht auf. Ihre Wangen sind aufgebläht von mehreren Wochen Sondenernährung. Sie hat eine seltsame Ähnlichkeit mit einem Baby. Sie scheint darüber zu staunen, dass Laure vor ihrer Tür steht und offenbar eintreten möchte. Corinne tritt zur Seite, um sie hereinzulassen. Laure setzt sich auf den Stuhl, sieht sich rasch um, genau wie die Leute, die sie in ihrem eigenen Zimmer besuchen. Sie zieht die Knie bis ans Kinn und legt die Arme darum. Sie reden ein bisschen, über die Extrarationen, die Anzahl der Flaschen, deren Inhalt jeden Tag durch die Sonde geschickt wird, über dieses und jenes. Corinne ist schon lange da, bald soll sie entlassen werden. Über das, was sie hierhergebracht hat, sagt sie nichts. Vielleicht weiß sie es nicht, vielleicht wird sie es nie wissen. Sie ist das Werkzeug von etwas, das ihren Verstand übersteigt, sie kann nicht darüber sprechen. Unter Anorektikern fragt man zunächst nach dem Wieviel – wie viele Kilos, wie viele Kalorien, wie viel

Zeit –, man fragt nicht nach dem Warum. Solche Dinge kommen später, mit dem Salz der Tränen.

Corinne scheint sich darüber zu freuen, dass Laure gekommen ist. Sie lernt fürs Abi, sie verlässt ihr Zimmer nicht gern. Auch sie wird von Dr. Brunel behandelt. Corinne wurde ins Krankenhaus aufgenommen, bevor sie den Tod im Bauch spüren konnte. Auf ihrem kleinen Tisch liegen aufgeschlagene Bücher und Hefte. Sie wirkt wie ein kleines Mädchen, das sich in seinen Albträumen verirrt hat – oder in einem Supermarkt.

Ich bin in Zimmer 1, hat Laure gesagt, besuch mich doch mal, wenn du Lust hast. Seltsam, wie sich das Leben im Krankenhaus organisiert, fast könnte man glauben, man wohne in einer Kleinstadtstraße. Wenn man an den Zimmern vorbeikommt, schaut man rein, steckt den Kopf durch die Tür, um Hallo zu sagen, setzt sich für einen Moment auf die Bettkante, um über die Bohnen mittags, über die Krankenschwestern oder die Oberschwester zu reden. Man tauscht Klopapier, Zuckertütchen, Marmeladendöschen, lädt sich gegenseitig auf ein Glas heißes Wasser ein, schaut gemeinsam einen Film oder raucht, wenn die Lichter ausgeschaltet sind, noch eine Zigarette zusammen.

Es ist die Geschichte eines Kraken, einer Raupe, eines weiblichen Zauberlehrlings, es ist die Geschichte einer Schnecke ohne Haus. Quer durchs Zimmer bombardiert sie Dr. Brunel mit abstrusen Geschichten und Bildern. Und wartet auf die Wirkung. Er bringt auch sie zum Sprechen, über das hinaus, was sie sagen zu können glaubt, über ihre Verteidigungsanlagen hinaus. Jeden Abend lässt er sie inmitten von Worten zurück, zerstreuten Worten, die von allein über das Linoleum hüpfen, sich unter dem Bett verstecken, sich in Luft auflösen.

Laure gesteht ihm eines Tages, dass sie die stationäre Aufnahme nicht zugelassen hat, um gesund zu werden, sondern um das Leid zu lindern, sie habe nur eine oder zwei Wochen bleiben wollen, um ein paar Kilo zuzunehmen, aber keins zu viel, gerade genug zum Überleben.

Ich weiß deine Offenheit zu schätzen, sagt er.

Wenn ich bis ans Ende gehe, sagt sie fast unwillkürlich, dann Ihretwegen.

Er lächelt, und sie schmilzt dahin wie eine Eisschokolade in der Sonne.

Laure schreibt immer mehr. Ihr Po tut nicht mehr weh, wenn sie länger sitzt. Ihr ist nicht mehr kalt. Sie beschreibt die Blaue und die anderen. Nach und nach entwickelt sie eine Art Zuneigung zu ihnen. Der Stumme am Ende des Gangs spielt den ganzen Tag lang Rommé. Wenn Laure auf eine Zigarette vorbeikommt, macht er immer große Handbewegungen, um ihr zu zeigen, wie viele Tage er noch auf seine Entlassung warten muss. Er ist sechsundzwanzig. Und ebenfalls mager. Laure weiß nicht, warum er hier ist. Er hat schöne Hände. Sein Spielpartner, ein alter Russe in einem viel zu großen Tergal-Schlafanzug, empört sich, wenn er verliert, und verlangt jeden Tag unter großem Geschrei das Viertel Bordeaux, das ihm vorenthalten wird. Laure beobachtet sie, erzählt von ihnen. Sie hat auch wieder angefangen zu lesen. Sie hört die Schlager auf Hit FM, die Liebe am Strand von Abessinien und wow und cha-cha-cha …, Songs, die für immer mit diesem Krankenhaus verbunden bleiben werden, mit diesen geschützten und gedämpften Tagen, an denen sie sanft aus einer langen Betäubung aufwacht.

»Sagen Sie, wie viel haben Sie zugenommen? Oh, là, là, da sind Sie aber noch weit vom Ziel … Um bei Ihrer Größe ein Normalgewicht zu erreichen, müssten Sie doch mindestens sechzig Kilo wiegen, oder? Er entlässt Sie bei fünfzig? Ach. Sagen Sie mal, Sie haben doch ziemlich viele Freunde, die Sie besuchen. Sie haben Glück, so viel Besuch … Aber meint Dr. Brunel nicht, dass das ein bisschen viel ist? Vielleicht erschöpft es Sie, oder glauben Sie nicht? Sie haben eine hübsche Bluse an. Sie ziehen sich jeden Tag an und schminken sich, irgendwie witzig, meine ich, wenn man bedenkt, wie Sie aussehen … Also ich bin zu erschöpft. Meine Tage sind gezählt. Ich ziehe die Kittel vom Krankenhaus an, die sind praktisch und saugen den Schweiß auf. Aber wenn ich mal übers Wochenende rausdarf, muss ich mich natürlich zusammenreißen!«

Die Blaue ist jetzt grün. Statt ihres Babystramplers trägt sie nun OP-Hemdchen. Das hat Stil.

Sie hört ihn. Er telefoniert im Büro der Stationsschwester, gibt Anweisungen und Anordnungen für das Wochenende, dann geht er an ihrer offenen Tür vorbei und hat nicht einmal einen Blick für sie übrig.

Laures Freunde haben keine Angst mehr. Sie besuchen sie in kleinen Grüppchen, bringen Bücher und Zeitschriften mit. An Schokolade und Marzipan wagen sie sich nicht. Sie erzählen, anfangs noch mit gedämpfter Stimme, und dann fühlen sie sich fast wie zu Hause und lachen ein bisschen zu laut. Sie nehmen ihre spitzen Schultern in die Arme, ihre Augen sind feucht, sie knöpfen ihren Mantel zu, wenn sie aufbrechen. Sie gehen.

Sie weiß noch, dass ihre Vettern und Cousinen sie im Sommer vor ihrer Aufnahme ins Krankenhaus am Strand immer »Squelettor« genannt haben. Sie wäre gern Goldorak gewesen, um ihnen die Fresse polieren zu können. Jetzt, in der gelassenen Rückschau, findet sie es eher lustig.

Laure nimmt zu. Ganz langsam setzt sie Fett an. Trotzdem, es ist etwas Erschreckendes. Sie lässt es geschehen, aber es darf nicht zu schnell gehen. Wenn der Körper schneller vorprescht als der Kopf, dann weigert sich der Kopf, dann wehrt sie sich und gebietet dem Körper Einhalt. Befiehlt einen Streik. Für einige Tage stagniert das Gewicht dann.

Heute Abend ist er ein wenig später als gewöhnlich gekommen. Er wirkt unzufrieden. Er hat keine Erklärung dafür. Er glaubt es nicht. Selbst bei Krebskranken kenne ich kein Beispiel für einen solchen Stillstand bei viertausendfünfhundert Kalorien am Tag, sagt er. Ärzte sind Wissenschaftler, alles hat einen Grund, den man bestimmen und messen kann. Zum ersten Mal hat sich ein Verdacht zwischen sie gedrängt. Sie hat alles gegessen, alles notiert, nichts erbrochen, nichts weggeworfen. Die Krankenschwestern leeren die Flaschen mit der Sondennahrung selbst in den Vorratsbehälter. Sie weiß, dass sie nicht geschummelt hat. Sie weiß, dass es etwas anderes ist, dass die Angst vor dem Dickerwerden manchmal stärker ist.

Sie weiß, dass ihr Körper nachts alles aufbrauchen kann, sie spürt, wie er leer läuft, sich leert, sie hört, wie er schlägt und mahlt und verbrennt, obwohl alles schon durchgelaufen, alles verdaut ist, sie hört, wie er durchdreht, nicht aufhören kann, zu brüten, zu surren und Energie zu verschwenden. Sie weiß, dass ihr Kopf dazu imstande ist. Dass ihre ganz persönliche Krankheit stärker ist als die Gewissheiten eines jungen Arztes.

Sie antwortet nicht, sie weiß nicht, wie sie es ihm sagen soll. Vielleicht hat sie auch nicht den Mut. Er machte kehrt, sein Mantel weht vorwurfsvoll hinter ihm her. Ich lasse mich nicht täuschen, heißt das, denken Sie nach. Irgendetwas in der Art. Widerlich. Sanft schließt sich die Tür hinter ihm. Er geht ihr auf den Geist. Und übrigens, seine knallroten Socken zu den braunen Schuhen sind ja echt der Gipfel des schlechten Geschmacks. Sie hat diese Scheiß-Kalorien doch wirklich gefressen. Sie rast vor Zorn. Die Schildkröte hat sich schon klappernd angekündigt. Zugleich mit dem Essenstablett kommt ihre Tante ins Zimmer. Laure explodiert, sie wirft Gegenstände durchs Zimmer, Nicole das Brot ins Gesicht, lasst mich alle in Ruhe, weint sie, ich halte es hier nicht mehr aus, ich halte es nicht mehr aus, krank zu sein, lasst mich krepieren. Den Zorn, das Geschrei und die genervten Seufzer behält sie ihrer Tante vor. Die durchs Zimmer geworfenen Nahrungsmittel, das Weinen ins Kissen. Denn sie ist sich Nicoles grenzenloser, bedingungsloser Liebe sicher, sie lässt an ihr die Aggressionen aus, die sie anderen gegenüber empfindet. Denn sie weiß, dass sie damit nichts ausrichten kann.

Nicole ist wieder gegangen. Auf Zehenspitzen. Morgen oder übermorgen kommt sie wieder. Und bringt Teebeutel, Zeitungen und Seife mit. Laure weiß, wie viel sie ihr verdankt. Als der Zorn in sich zusammenfällt, denkt sie daran, dass Nicole sie, kurz bevor sie ins Krankenhaus ging, bei sich aufgenommen hat. *Aufgenommen* ist das richtige Wort, aufgenommen wie ein armes, zerzaustes Etwas, das sich kaum noch auf den Beinen halten konnte. Sie konnte sie zwar nicht zum Essen bewegen, aber sie hat sie für einige Tage bei sich im Warmen behalten. Laure war am Ende. Von allem. Morgens ging Nicole zur Arbeit und ließ Laure den Tag über allein. Sie nahm den Schlüssel mit, weil Laure zu schwach war, um das Haus zu verlassen. Laure erinnert sich, dass sie nichts von dem, was Nicole ihr hinstellte, angerührt hat. Weder die kleinen Gerichte, die sie bloß hätte aufzuwärmen brauchen, noch das Obst und die Kekse. Bei Nicole war es warm. Bei Nicole war sie vor der Welt geschützt. Geschützt vor allem, nur nicht vor sich selbst. Sie erinnert sich, dass sie ein Lederköfferchen in die Wohnungstür stellte, damit diese nicht zufallen konnte, und dann vier oder fünf Mal hintereinander die sechs Stockwerke hinauf- und hinunterlief, sie war verstört. Es war weit mehr als ein Bedürfnis, eher Gebieterisches, eine Droge, ja, das war es.

Sie sind alle gekommen, die Nichten und Neffen, die Vettern und Cousinen, die Schwestern und die Schwäger. Oum Kalsoums Stimme erfüllt die Flure. Es ist Sonntag. Fatia hat Laure in ihr Zimmer eingeladen, um ihren dreißigsten Geburtstag zu feiern. Sie ist als Einzige der Station hier. Sie fühlt sich ein bisschen verloren, sie trinkt Pfefferminztee und hört den

Frauen zu, die singen. Sie hat Fatia ein kleines vergoldetes Armband geschenkt, das einzige, das sie im Laden im Erdgeschoss hübsch fand. Fatia nimmt ihre beiden Hände, als sie sich bedankt, ihre Augen glänzen. Eine üppige Frau streichelt Laures Locken und fragt sie, warum auch sie so mager sei. Laure weiß nicht, was sie antworten soll, sie schämt sich. Alle haben die Schuhe ausgezogen. Sie beginnen, rings ums Bett zu tanzen. Die Krankenschwester steckt kurz den Kopf durch die Tür, um eine kleine Ermahnung auszusprechen: Machen Sie nicht zu viel Lärm, wenn sich die anderen Patienten beschweren, muss ich Sie bitten zu gehen. Das Fest dauert bis in den Abend hinein. Sie sprechen Arabisch, sie lachen und singen. Im zwölften Stock eines Betonhochhauses lässt Laure sich betäuben. In der feuchten Wärme des Zimmers vergisst sie für einige Minuten alles.

Als alle fort waren, waren sie noch zu zweit. Sie sammelten die zerknüllten Geschenkpapierkugeln vom Boden auf. Dann legte Fatia sich aufs Bett. Sie bat Laure, noch ein wenig zu bleiben. Am Abend ihres dreißigsten Geburtstags schlief Fatia in einem Krankenhausbett ein.

Die Blaue steckte flüchtig den Kopf durch die halb offene Tür.

Bevor Laure ging, ließ sie ganz leise die Jalousie herunter.

VI

HEUTE MORGEN hört man die Absätze der Oberschwester im Gang klappern. Sie kommt und geht, wirft inquisitorische Blicke durch die offenen Türen, wo steckt nur die kleine Schwesternhelferin, die Dame von Nummer 23 wird heute entlassen, und das Zimmer muss gründlich gereinigt werden, Régis, verteilen Sie doch schon mal auf dieser Seite das Frühstück, bevor der Doktor kommt. Laure mag sie, auch wenn sie so aussieht, als sei mit ihr nicht gut Kirschen essen.

Punkt neun Uhr ist er mit einem Grüppchen eifriger und ausgeschlafener Studenten aufgetaucht, die schon ganz begierig auf die Zoobesichtigung sind. Dr. Brunel nennt Zahlen und kommentiert Kurven. Sie drängen sich um ihr Bett und sehen sie verstohlen an. Ein weiterer Arzt kommt herein. Er war bei dem Gespräch anwesend, das Laure bei ihrer Aufnahme ins Krankenhaus mit Dr. Brunel geführt hat. Dr. Brunel fragt sie, ob sie sich an ihn erinnere. Diese Frage kränkt sie wegen der ätzenden Ironie, die sie darin vermutet. Na schön, sie war an dem Tag nicht gerade in Hochform, aber trotzdem. Sie wünschte, sie hätte die Kraft, diese Leute allesamt rauszuwerfen. Ihn und alle anderen. Den Verräter unter den Verrätern. Du siehst, fährt er, an seinen Kollegen gewandt, stolz wie Oskar fort, die Blutwerte sind viel besser, die Unterversorgung mit bestimmten Stoffen ist praktisch ausgeglichen, sie hat sich von sechsunddreißig auf vierundvierzig Kilo hochgearbeitet und dabei sichtlich körperlich erholt. Gut, es ist natürlich noch nicht alles so, wie es sein soll. Alle wenden sich ihr zu. Der zweifelnde Gesichtsausdruck scheint Pflicht zu sein. Das soll sie ruhig aushalten, es kann ihr nicht schaden, ihren verblüfften und mitleidigen Blick auf ihr kränkliches Aussehen zu ertragen – ein bisschen vernünftiger Realitätssinn, angemessen verpackt, der die Dinge wieder zurechtrückt.

Er ist gegangen. Und beendet seinen Kommentar draußen vor der Tür. Jetzt, in diesem Augenblick, hasst sie ihn.

Bevor das Essenstablett kommt, muss man tief ein- und dann langsam ausatmen, und zwar mehrmals. Nicht weinen, sondern ruhig bleiben und sich entspannen. Kaum hat sie ihr Essen vor sich, taucht ihr Zimmernachbar bei ihr auf und fragt, ob Laure bekommen habe, was sie am Vortag bestellt habe. Er schimpft auf den Kartoffelbrei mit Schinken, den man ihm seit zwei Tagen zumutet. Es scheint ihn zu wundern, dass sich Laure nicht auch darüber aufregt. Doch die Tücken des Computers gehen ihr schon seit Langem über den Verstand. Hauptsache, das Zeug ist essbar und bringt sie dem Tag ihrer Entlassung näher. Der Bauch schwillt so oder so an und tut weh. Sie hat einen Vertrag geschlossen. Danach wird sie es sich überlegen. Es steht ihr frei, diese lästigen Kilos wieder zu verlieren, sie weiß, dass sie dazu noch imstande ist, sie ist stärker als der Hunger, stärker als das Bedürfnis. Solange sie sich ihrer

Unabhängigkeit noch sicher ist, kann sie ruhig weiter zunehmen.

Als es dunkel war, hat sie das Krankenhaus verlassen. Vielleicht, weil sie wütend auf Dr. Brunel war, vielleicht auch, weil sie es einfach nicht mehr ertrug, in einem Krankenhauszimmer eingeschlossen zu sein. Nach dem Nachmittagsimbiss wartete sie, bis die Schicht der Oberschwester vorbei war, dann rollte sie Mantel, Schal und Handschuhe fest zusammen. Sie fuhr mit dem Aufzug hinunter, wie sie es auch getan hätte, um ihre Thermoskanne in der Cafeteria auffüllen zu lassen. Sie hatte sich das Päckchen unter den Arm geklemmt, ihr tat die Brust weh, so sehr klopfte ihr Herz. Unten zog sie alles an und wickelte sich den Schal um den Kopf, damit das Röhrchen nicht zu sehen war, das ihr aus der Nase kam. Sie hatte Angst. Angst vor der Straße, vor dem Lärm, vor der Kälte. Sie ging einfach geradeaus, sofort berauscht von diesen wenigen schwebenden Schritten im Wind. Sie sah sich die Schaufenster an, damit sie nicht zu schnell wurde, damit der Bürgersteig sie nicht mitriss. Vielleicht fühlt es sich so an, wenn ein Alkoholiker ein halbes Glas Wein trinkt, lange danach und voller Angst.

Nach ihrer Rückkehr packte sie alles wieder zusammengerollt in den Schrank. Für ein nächstes Mal. Sie ist besänftigt.

Dr. Brunel ist allein gekommen. Um es wiedergutzumachen. Er weiß, dass sie zornig ist und dass der Zorn zehrt. Es ist keine Rede mehr von Zweifeln. Er untersucht Laure und betastet ihr Fleisch, um zu sehen, wie sich die Gewichtszunahme auswirkt. Unter seiner Handfläche, unter diesem Streicheln, das keins ist, fühlt sie sich plötzlich so mager. Sie spürt, wie sehr ihr Körper zu einem spitzen, eckigen, nicht begehrenswerten armen Etwas verkommen ist. Dennoch, das Gefühl ist jetzt anders, ihr Körper als Hohlform in der Wärme seiner Hände, dennoch, zum ersten Mal empfindet dieser ihr Körper die Weichheit seiner Hände, die Zärtlichkeit seiner Gesten. Das macht sie wehrlos.

Er könnte sie in ein Laken wickeln und mit nach Hause nehmen, ihr seine ganze Zeit, seine Energie widmen, ihr sagen, wie sehr er sich wünscht, sie einmal lachen zu sehen. Er könnte sie bei sich behalten, ihr Gesicht zwischen die Hände nehmen und ihr verrückte Geschichten erzählen. Er könnte ihr sagen, wie sehr er sie liebt, wie sehr auch er sie braucht und seinen Sieg.

Doch Dr. Brunel hat sich auf den Stuhl gesetzt. Er erinnert sie an die ersten Begegnungen, als sie keine drei Wörter mehr aneinanderreihen konnte, als sie verstört war und ihre Äußerungen konfus. Er erzählt ihr von seiner eigenen Angst, von seiner Ohnmacht. Wie schwer es ist, jemanden in einem solchen Zustand wieder gehen lassen zu müssen. Es ist ein Tag vertraulicher Mitteilungen. Er bringt sie zum Reden. Laure versucht die Angst zu beschreiben, die sie immer noch bei jeder Mahlzeit hat, die Angst vor Nahrungsmitteln, die der Todesangst gleicht. Er weiß das alles, das und das Übrige.

Und wahrscheinlich ist er so wertvoll, weil er es weiß. Weil das Leid in ihm einen Widerhall findet, vielleicht im Dunkel seiner eigenen Geschichte oder in seinem ganz gewöhnlichen Wahnsinn.

Und wenn er es als Einziger wüsste, wenn er der zornige

Windstoß wäre, der endlich imstande wäre, das kleine Mädchen von seinem toten Baum zu stoßen …

Er ist lange geblieben. Am liebsten hätte sie sich an ihn geschmiegt und in seinen Armen geweint. Sie bringt ihm eine einzigartige Liebe entgegen, sie liebt ihn um des Funkens Leben willen, den er in höchster Not noch erhaschen konnte, sie liebt ihn um dieser Schuld willen, in der sie ihm gegenüber noch lange, für immer, stehen wird. Sie liebt ihn um dieser Zurückhaltung willen, die ihn manchmal zögern lässt, sie auszufragen, über ihr Leben, über ihre Eltern. Sie liebt ihn um seiner Fähigkeit willen, Andeutungen zu verstehen und etwas aus dem Schweigen herauszuhören.

Sie möchte, dass es ihr gelingt, ihm zu sagen, wie sehr sie ihn braucht, wie nötig sie es hat, dass er sich um sie kümmert. Sie möchte die Einzige sein, alle anderen vor ihr auslöschen und auch all die anderen Scheuen und Zerbrechlichen, die er sicher noch retten wird. Sie muss lachen, wenn sie darüber nachdenkt, wie karikaturistisch das ist. Fast wie in einer Ärzteserie à la *Jeunes docteurs* um zwanzig nach acht auf Antenne 2 oder wie in einer psychologischen Abhandlung. Mag man es nennen, wie man will, das ist ihr egal, sie liebt ihn, weil er bereit ist, mit ihr und gegen sie zu kämpfen.

Er hat ihr versprochen, dass sie über das Wochenende nach Hause darf, wenn die Gewichtskurve wieder steigt.

Manchmal kommt Corinne vormittags mit ihren Geschichtsbüchern und bittet Laure, sie abzufragen. Laure liest dann das Kapitel und stellt ihr Fragen. Sie spürt, dass ihr Gedächtnis genauso leer ist wie ihr Körper. Mit den Kilos hat sie auch

Henri IV, Louis XIV und Robespierre abgeworfen. Sie weiß nichts mehr. Sie ermisst, wie groß dieses schwarze Loch ist, das sie vielleicht nie mehr wird füllen können.

Abends kommt Fatia mit ihrem hellsichtigen und naiven Blick auf eine Welt, die sie nicht versteht, eine sinnlose, geschichtslose Welt. Wenn sie da ist, nehmen Bobby und Pamela Ewing den Raum in Besitz. Sie beschimpft, unterstützt und tröstet sie.

»Dr. Brunel scheint mit Ihnen zufrieden zu sein. Dieser Mann hat eine schöne Stimme. Er ist übrigens ziemlich attraktiv. Wissen Sie, was für einen Titel er genau hat? Finden Sie nicht, dass er ein bisschen so aussieht wie Daniel Guichard? Ist er verheiratet? Was meinen Sie, wie alt er ist? Ich würde sagen, zwischen fünfunddreißig und vierzig. Sehr jung für einen so wichtigen Posten. Wie viele Kilos haben Sie zugenommen? Ach? Das sieht man aber nicht. Sie bräuchten noch mindestens zwanzig dazu, um wieder normal auszusehen. Ich habe Sie gestern in der Cafeteria gesehen, waren das Freunde von Ihnen? Wissen Sie, meine Tage sind gezählt, da werde ich mich nicht kasteien. Man muss die Zeit nutzen, die einem noch bleibt. Hin und wieder ein Stückchen Kuchen, das ist doch ein kleiner Trost. Ich weiß, ich sollte es nicht, wegen meiner Leberprobleme, aber ich liebe nun mal das Leben, ich bin nicht wie Sie. Ist das große junge Mädchen, das hin und wieder zu Ihnen kommt, Ihre Schwester? Sie wirkt gesünder als Sie, das sieht man gleich. Ich komme noch mal auf die Ärzte zurück, im Großen und Ganzen sind sie ziemlich human. Die müssen so viel Tapferkeit und Hingabebereitschaft mitbringen. Ich nehme an, es dauert noch eine ganze Weile, bis Sie rausdürfen. Wenn alles gut geht, werde ich wohl bald entlassen. Die werden mir einen Platz in einem Heim suchen.«

Laure ist ansteckend. Sie hat auch so schon genug Unheil angerichtet. Das jedenfalls hat ihr Vater heute Morgen am Telefon gesagt. Sie verschmutzt die Umwelt. Das hat er gesagt. Sie ist ungesund. Louise auch. Louise stinkt übrigens. Sie ist verseucht. Das kommt alles von ihrer Mutter, die in die geschlossene Abteilung kam, als Laure dreizehn Jahre alt war, alles nur, um ihm Scherereien zu machen, ihn zu verfolgen, sein Leben zu zerstören. Er ist ganz anders. Er hat den Algerienkrieg mitgemacht, ihre Windeln gewechselt, er verdient Geld, um für seine Kinder zu sorgen. Als sie an einem Februarvormittag bei ihm ankamen, ging er mit ihnen zum Arzt, kaufte ihnen neue Kleider und beantragte das Sorgerecht. Er erzählte allen Leuten, sogar der Bäckersfrau, dass ihre Mutter verrückt sei. Er sei ganz anders. Ein guter Vater. Verantwortungsbewusst und so. In der ersten Nacht fragte er sie endlos aus. Wie es passiert sei, wer die Polizei gerufen habe, warum sie ihn nicht vorher angerufen hätten. Sie erzählten ihm zwanzigmal dieselbe Geschichte, doch er glaubte sie nicht. Denn sie sei ihm gleich nicht geheuer gewesen, das sei doch seltsam, und sie mussten noch mal von vorn anfangen.

Zweifel würde es noch häufiger geben. Auch Vorwürfe und Beleidigungen. Laure schrie nachts im Schlaf. Sie träumte, er würde sie unter einem Kissen ersticken, ihr ein Küchenmesser in den Bauch bohren, ihr Ziegelsteine an den Kopf werfen.

Der Gewichtsaufbau hat, wie das Abmagern, auch Nebenwirkungen, und die sind in der Broschüre nicht erwähnt, die sie bei der Aufnahme ins Krankenhaus erhalten hat. Fieberschübe, Hitzewallungen, Akneausbrüche … Wenn sie sich mit Schokolade und Wurst vollstopfen würde, wäre das Resultat das gleiche. Anscheinend braucht der Körper Zeit, um sich wieder daran zu gewöhnen. Die Pickel auf Stirn und Kinn bieten jedenfalls eine gesunde Beschäftigung, denn sie werden unter großem Einsatz von austrocknenden Tinkturen und kaschierenden Cremes bekämpft. Die von frischem Blut durchpulsten Adern schwellen unter der Haut an. Die Wollstrumpfhosen und dicken Pullis werden im Schrank ganz nach hinten geräumt. Ihr ist warm und sie errötet wegen jeder Kleinigkeit. Vor allem, wenn Dr. Brunel öffentlich verkündet, sie beginne wieder einer Frau zu ähneln.

Eines Nachts hat sie einen seltsamen Traum. Sie geht mit Tad bei Ed einkaufen. Sie geht an den Regalen entlang und weiß nicht, was sie nehmen soll. Vor ihr schiebt Tad einen leeren Wagen und fordert sie auf, sich etwas auszusuchen. Sie wird ungeduldig. Laure nimmt ein Paket Würstchen aus dem Kühlregal. Plastikwürstchen. Sie liest das Etikett und sieht, dass das Mindesthaltbarkeitsdatum abgelaufen ist. Sie legt sie wieder zurück. Tad seufzt. Laure nimmt aufs Geratewohl alle möglichen Artikel, Hacksteaks, Käse, Schokoladenmousse, Butter, sie versucht, ihre Sache gut zu machen, sich zu beeilen, aber immer ist das Mindesthaltbarkeitsdatum abgelaufen. Sie versucht es wieder, weint. Tad verdreht die Augen, sie hat eine Tüte Chips aufgerissen und knabbert einen nach dem anderen. Im Traum und auch im Schlaf steckt ihr die Panik wie eine Distel in der Kehle und schwillt an. Laure wirft die Artikel jetzt quer durch den Laden, eines nach dem anderen leert sie die Regale, schreiend. Tad lässt sie gewähren. Die Kassiererinnen und die Kunden haben sich um sie geschart, der Marktleiter droht damit, die Polizei zu rufen, das ist meine Freundin, erklärt Tad leicht genervt, sie ist krank, verstehen Sie, da kann man nichts machen, man muss nur abwarten, das ist alles, warten, bis sie mit diesem Zirkus aufhört. »Fiebermessen!«, dröhnt Jocelyne um Viertel vor sieben. Laure liegt schweißgebadet in ihrem Bett. Ihr Herz schlägt sehr schnell. Ein Krankenhaustag beginnt, vielleicht der gleiche wie gestern oder der gleiche wie morgen.

Pierre hat angerufen. Na, was gibt's Neues?, hat er gefragt. Oder: Was hast du zu erzählen? Laure hat aufgelegt. Jedes Mal, wenn er anruft, fragt er: Was gibt's Neues? Oder: Was hast du zu erzählen? Sie ist gerade dabei zu lernen, wie man in einer Universitätsklinik überlebt. Er ist derjenige, der draußen ist, Scheiße noch mal. Sie hat ihn in der Abschlussklasse kennengelernt. Er war vierundzwanzig, sie gerade mal siebzehn, und er war Aufseher und Lehrer an dem Provinzstadt-*Lycée*, das Laure damals besuchte. Laures Leben konzentrierte sich auf die drei Tage in der Woche, an denen er aus Paris kam. Er führte im Raum für die Stillarbeit die Aufsicht, machte die Kreuzchen auf den Kärtchen für die Schulmensa und unterrichtete in der Oberstufe. Sie hatte in Pierre einen wertvollen Tippgeber gefunden und fragte ihn regelmäßig, welche Autoren und Bücher er mit seinen Schülern durchnehmen würde. Abends musste sie oft auf den Bus warten, um in das kleine Dorf zurückzukehren, in dem Louise und sie bei ihrem Vater wohnten. In der Stillarbeitsstunde verschanzte sie sich hinter einem Buch und verschlang ihn mit Blicken. Eines Tages war er zu ihr gekommen, dieses Buch habe ihm unglaublich gut gefallen, was sie sonst noch lese? Sie hatten ein bisschen miteinander geredet.

Danach hatte sie sich alle möglichen Tricks und Streiche ausgedacht, um seine Aufmerksamkeit auf sich zu lenken. Eine Schnitzeljagd mit ihr selbst als zweifelhaftem Schatz. Sie hatte seine Telefonnummer in Paris herausgefunden und dachte sich Rollen aus; abends, wenn ihr Vater und ihre Stiefmutter ausgingen, rief sie an und spielte stundenlang hilflose Engländerin oder Radiomoderatorin. Als er erfuhr, dass sie das war, die Anrufe und der ganze Kram, schmolz er dahin. Er war ganz angetan von so viel Fantasie. Und von ihren appetitlichen Rundungen. Im Sommer nach dem Abi hatten sie sich geliebt, sie waren Motorrad gefahren und hatten zusammen Platten gehört.

Darüber hatte er ganz vergessen, dass er im Begriff stand zu heiraten. Es fiel ihm plötzlich wieder ein, als Laure mit Tad eine Woche Ferien machte. Ein Brief, knapp vor ihrer Rückkehr. Ein schuldbewusster, fatalistischer Brief. Sie war völlig verblüfft. Kurz vor seiner Hochzeit trafen sie sich noch einmal, ein Abschied, der kein Ende fand. Sie wollte ihn nicht verlieren. Nach seiner Heirat kam er nicht mehr. Sie ging in die Studienvorbereitungsklasse in Paris, das beschäftigt den Geist. Weinend hörte sie die Platten, die er ihr geschenkt hatte. Sie putzte sich die Nase und fand es gesund, dass dieser ganze Kummer durch die Nasenlöcher herauskam.

Später, als sie schon in der zweiten Vorbereitungsklasse war und sich spätabends das Pensum für das Auswahlverfahren einzubimsen versuchte, begann sie ganz langsam abzunehmen. Sie hatte ohnehin nicht für die Mensa bezahlt. Sie dachte immer noch an Pierre. Sie dachte an ihn wie an alles andere, dieser ganze Brei, der ihr zwischen den Fingern zerrann. Am Ende des Schuljahrs schickte sie ihm einen Brief. Eine hastig zusammengeschriebene absurde Botschaft, nicht einmal eine Bitte. Tags darauf war er da. Er hatte nichts vergessen. Er hatte sie schon seit Wochen beschattet, im Auto versteckt oder in Telefonzellen, er sah sie kommen und gehen und Paris in alle Richtungen durchqueren. Das sagte er ihr an diesem Tag. Er sprach von dieser Zeit, in der er zugesehen hatte, wie sie sich zugrunde richtete. Er wusste nicht, wie sehr. Das begriff er erst, als sie ihm die Tür öffnete.

Als sie ins Krankenhaus ging, kam er. Er rief an. Vielleicht fühlte er sich schuldig. Zu Unrecht. Seinetwegen hatte sie viel geweint. Aber dieser gehäutete Körper war etwas anderes. Hatte nichts mit ihm zu tun.

Sie hat einfach aufgelegt. Pierre hat nicht wieder angerufen. Er wird übrigens auch nicht mehr anrufen.

VII

HEUTE ABEND GIBT ES gefrorene Himbeeren zu essen. Ja. Gefrorene. Sie sind hart, kalt und schwer zu kauen. Maman hat gesagt, dass dies das Abendessen sei. Gefrorene Himbeeren. Louise sieht mich ratlos an, sie rollt die Beeren über ihren Teller und wartet auf meine Billigung. Maman sagt außerdem, dass wir nicht mehr zur Schule müssen. Und wenn Maman verrückt geworden ist? Oder vielleicht spielt sie uns auch nur einen Streich, damit wir etwas zu lachen haben.

Laure sucht noch. Sie sucht und wartet.

Es ist die Geschichte eines traurigen Kieselsteins. Es ist hart, traurig zu sein, wenn man ein Kieselstein ist und nicht mal Hände hat, um sich die Tränen abzuwischen. Mehr schlecht als recht rollt er durch sein Leben, der kleine Kiesel, inmitten der Kohlköpfe, Eulen und nebenordnenden Konjunktionen. Eines Tages bleibt er in der Sohle eines schweren Schuhs, den er nicht hat kommen sehen, im Gummiprofil stecken. Er bekommt große Angst, als er sich von diesem kleinen Stückchen Weg entfernt, auf dem er immer gelebt hat. Solange er sich zurückerinnern kann. Er bricht zu einem neuen Leben auf, doch er fühlt sich so klein, so erschöpft und verwundbar. Er weint, aber wer hat je einen Kieselstein weinen hören, einen schon so lange in seiner Seele verwundeten kleinen Kieselstein? Und der Schuh trägt ihn davon, weit weg, so weit und so schnell, dass ihm davon übel wird.

Es ist die Geschichte eines Fischs ohne Schuppen, einer Schildkröte ohne Panzer, einer Karnevalsprinzessin, die nicht auf ihren Schmerz verzichten konnte.

Laures Zimmer ist bevölkert von den Geschichten, die Dr. Brunel aus der Tasche gefallen sind. Geschichten ohne Hunger, die unter dem Bett hervorkommen, wenn es dunkel ist.

Corinne ist heute Morgen vorbeigekommen. Sie hatten ihr gerade die Sonde entfernt. Laure hatte Lust, Corinnes Gesicht zu berühren, nur mit den Fingerspitzen die Rundung ihrer Wangen zu streicheln. Um zu wissen, wie es sich anfühlt. Corinne muss noch einige Tage bleiben, damit sie sicher sind, dass das Gewicht stabil bleibt. Sie wird nach Hause zurückkehren, wieder aufs *Lycée* gehen. Ihr Leben dort fortsetzen, wo sie es zurückgelassen hat. Zu Laure sagt sie: Versuch, durchzuhalten. Sie setzt sich und zwirbelt mechanisch eine Strähne ihres blonden Haars. Sie spricht, ohne Laure anzusehen, sie wirft diese Sätze, die ihr zugleich mit den Kilos zugewachsen sind, die vielleicht die Grundlagen ihrer Heilung sind, auf das Fußende des Bettes. Sie erstickte. Sie hatte keinen Platz mehr zum Leben unter den Augen ihrer Eltern, in ihrem Wunsch, ihnen zu gefallen, in diesem Streben nach Erfolg, nach Perfektion, das sie sich zu eigen gemacht hatte. Anfangs wollte sie nur ein wenig schrumpfen, um sich dieser übermächtigen Umklammerung zu entziehen, und dann, eines Tages, wollte sie verschwinden.

Weil es derart einfach war.

Sie enthüllt Laure dieses zu schwere Geheimnis, das sie ihnen vielleicht nie erzählen wird. Sie lässt diese kleine, verschnürte Bürde bei ihr zurück wie einen Braten, der über das Linoleum rollt.

Nichts werde mehr sein wie früher, sagt sie.

Laure hat ihren Wochenendurlaub bekommen. Sie ist draußen. Sie geht schnurstracks geradeaus. Sie holt tief Luft und füllt sich die Lunge. Wenn sie ihrer Lust folgen würde, ginge sie zu Fuß nach Hause. Ans andere Ende von Paris. Es regnet in feinen Tröpfchen. Sie geht in die Metro hinunter, ohne sich vor den Schaufenstern aufzuhalten, stellt sich am Schalter an, um ein Zehnerpäckchen Fahrscheine zu kaufen, und versucht, nicht an den kleinen Knoten zu denken, der in ihrem Magen immer härter wird, an diesen weiß glühenden Kern, der sich ganz langsam oben an ihrem Magen bildet. Er hat kugelrunde Augen, er hat sich aufgepflanzt und sieht sie völlig ungeniert von unten an: Maman, warum hat die Dame ein Röhrchen in der Nase? Sie muss einsehen, dass sie immer noch auffällt. Das Röhrchen wippt leicht hinter ihrem Ohr. Sie möchte gern glauben, dass der Rest unbeachtet bleibt. Doch ihre bohrenden Blicke ziehen sie regelrecht aus. Sie tuscheln hinter vorgehaltener Hand, mustern eingehend ihren Körper, Stück für Stück, sie sind auf der Suche. Sie zerbröselt unter diesen Blicken, sie ist so zerbrechlich und verwundbar wie ein Knöchelchen in einem abgepackten Hähnchen-Couscous. Sie denkt

an die gar nicht so lange zurückliegende und doch so ferne
Zeit, als sie über ihren Wollstrumpfhosen ultrakurze Miniröcke trug, damit man ihre Beine besser sehen konnte – die Beine sind am beeindruckendsten, wenn sie schließlich aussehen
wie Zahnstocher –, als sie ihre Ausgezehrtheit vorführte wie
eine Trophäe und ihre Knochen in Jeans für Zwölfjährige packte. Es machte ihr Freude, das Misstrauen, die Ablehnung und
das Mitgefühl in ihren Blicken zu sehen. In diesem Metrowagen, der sie nach Hause bringt, ermisst sie die Zerrüttung ihres Körpers. Sie hat sieben Kilo zugenommen, die sie nicht
einmal bemerken, als wären es sieben Kilo Scham. Sie bleibt
stehen. An den Wänden der Metrostationen entdeckt sie neue
Plakate. Nachdem sie die Metro verlassen hat, flaniert sie noch
ein bisschen in der Rue de Commerce, bevor sie nach Hause geht. *Flanieren*, es geistert ihr wie ein unanständiges Wort
durch den Kopf. Im fünften Stock öffnet sie die Tür, aus dem
kleinen Knoten ist eine Kugel des Leids geworden, Schwindel
erfasst sie, sie hat Mühe, sich auf den Beinen zu halten. Sie fragt
sich, ob sie ihre Wohnung betreten soll. Wegen dieses schwer
fassbaren Gefühls, das in ihr aufsteigt, dieser plötzlichen – körperlichen – Wahrnehmung von Farben, Gerüchen und von
Raum. Sie erwacht aus einem Albtraum. Sie ist zu Hause. Zum
ersten Mal seit so langer Zeit kann sie es in ihrem Fleisch und
Blut spüren. Sie steht an der Schwelle zu diesem Bereich, der
ihr so vertraut sein müsste, den sie jedoch neu entdeckt wie
eine ferne, vage Erinnerung. Alles dringt in ihren Körper ein,
der Geruch nach Holz und frischer Farbe, das gleichmäßige
Licht, das Geräusch ihrer Schritte auf dem Fliesenboden der
Küche. Sie weint. Steht vor der völlig intakten Erinnerung an
die Wochen, die sie hier zubrachte und in denen sie von allem

abgeschnitten war, sogar von dem Gefühl zu leben. Ihre Glieder sind schwer wie beim Erwachen aus einer Narkose. In der Heftigkeit dieser Emotion, die ihr den Magen umdreht, wird ihr klar, dass sie nur noch eine intellektuelle Daseinsgewissheit, nur noch ein intellektuelles Wissen um Raum und Zeit hatte. Sie begreift, dass ihr Körper nichts mehr fühlen konnte außer Angst und Kälte. Sie wollte durchsichtig werden, mit schlotternden Knien durch die Straßen laufen und niemals stehen bleiben. Immer luftiger werden, schwanken, aber durchhalten. In diesem leidenschaftlichen, verrückten Bemühen suchte sie nach Abgeschiedenheit und auch nach Gleichgültigkeit. Nicht mehr weinen, nicht mehr hören, nicht mehr spüren.

Sie hat sich im Schlafzimmer auf das Bett gelegt und ihr Gesicht zwischen die Hände genommen. Die Tränen laufen an ihren Fingern entlang, sie schmeckt das Salz, als wäre es eine Belohnung. Nie wieder, murmelt sie, nie wieder. Die Bettwäsche riecht noch nach Weichspüler. Sie erinnert sich, dass sie sie vor ihrem Aufbruch gewechselt hat. Sie macht eine Runde durchs Zimmer und sucht nach ihrem Leben von vorher, sie streichelt die Bücher, kramt in den Schubladen nach den Briefen, Hausaufgaben und Rechnungen, die sie mit der Welt verbinden. Macht eine Bestandsaufnahme in der Küche, Pfannen, Kochtöpfe, Teller und Besteck, sie staunt, dass in ihren Schränken diese Ausstattung einer glücklichen Hausfrau auf ihre Rückkehr gewartet hat. Sie nimmt sich Zeit, verweilt vor den Fotos an der Wand, legt eine CD auf, schaltet die Anlage aber nicht ein. Durch diese schmerzlosen Umwege zögert sie den Moment hinaus, in dem sie vor dem Badezimmerspiegel stehen und ihre hohlen Wangen betrachten wird, wie schon Hunderte Male und als wäre es das erste Mal.

Später bricht sie wieder auf, um sich mit Louise zu treffen, die das Wochenende bei ihrer Mutter verbringt. Louise, die sie am anderen Ende der Welt beim Vater alleingelassen hat. Wo sie weiterhin mit Beleidigungen und Unterstellungen überhäuft wird. Louise kommt an jedem zweiten Wochenende nach Paris. An den anderen Wochenenden fuhr Laure immer mit dem Zug zu ihr. Als sie es noch konnte.

Sie hat Louise alleingelassen, die es ihr nicht verzeihen wird. Das trägt sie in sich, sie ist dieser unterlassenen Hilfe schuldig, zum Krepieren schuldig. Ein Schmerz, der, gemeinsam mit anderen, an ihr frisst.

Als Laure nach dem Abitur zum Studium nach Paris ging, zog sie bei ihrer Mutter ein, die wieder eine Arbeit hatte, eine Wohnung und ein ganz normales Leben. Einige Monate nach Laures Rückkehr begann ihre Mutter seltsame Bekanntschaften zu knüpfen. Abends ging sie auf ein Glas zu Kant oder zog mit Monet durch die Kneipen. Sie kam spät nach Hause. Sie verschenkte ihr Geld auf der Straße und ging nicht mehr zur Arbeit. Diese Geschichten nahmen eine böse Wendung und endeten in der Klinik Saint-Anne. Eigentlich waren ihre Verrücktheiten witziger gewesen als damals beim ersten Mal, aber Laure hatte inzwischen ihren Sinn für Humor verloren. Einige Monate lang lebte sie mit dem Schnellkochtopf zusammen. Und kochte sich Milchreis. Als ihre Mutter aus der Klinik kam, war Laure schon fort. Nach Wohngemeinschaft und Untermiete landete sie schließlich bei Tad. Sie bewohnten gemeinsam die große Wohnung, die Tads Eltern verlassen hatten und in der sie Laure ein Zimmer vermieteten, das sie bezahlte, wenn sie es konnte. Dort hat es begonnen. Vor den Augen von Tad, die sie nie verschlossen hat. Als Laure einige Monate später aus der Wohnung ausziehen musste, brach der letzte Deich. Allein und ganz ihrem Ekel und der Nachsicht eines Badezimmerspiegels ausgeliefert, ließ sie sich von diesem Rausch erfassen, den sie nicht zu benennen wusste.

Bei ihrer Mutter muss man wenigstens keine Geschwätzigkeit ertragen. Vielleicht zwanzig Wörter am Wochenende. Verdrossen sagt Louise zu Laure, sie beneide sie um ihren Krankenhausaufenthalt. Ihre Mutter sieht sie beide an. Sie trinkt Bier. Sie füllt sich ab, füllt mehr schlecht als recht den Abgrund, den die Krankheit heimtückisch in ihr gegraben hat, diese immense Leere, in der ihr Leid kaum noch einen Widerhall findet. Beim Mittagessen schlingt sie in exakt zwei Minuten die Nudeln mit Thunfisch hinunter, dann sieht sie Laure beim Essen zu. Ohne etwas zu sagen. Anschließend pinkelt sie vor den Augen Laures das ganze Bier, das sie getrunken hat, in ihre Hose. Laure isst ihre Nudeln auf. Vielleicht hat sie an diesem Tag erkannt, dass sie davonkommen, dass sie aus all dem herauskommen würde.

Nach dem Mittagessen geht sie mit Louise zu Tadrina. Tad, die Träge. Tad, die schlafen geht und dabei sagt, es gehe doch nichts über ein Bett. Die einen ganzen Tag zwischen Bett und Sofa verbringen kann. Bei Tad bilden Möbel und Vorhänge eine Art Nest, und der Teppichboden ist dick. Es ist warm. Sie kochen Tee. Und essen *pains aux raisins* und *chaussons aux pommes*.

Zum Abendessen kehren Laure und Louise zu ihrer Mutter zurück. Sie spricht ein wenig. Sagt, dass sie Laure in der kommenden Woche besuchen will, vielleicht am Dienstag, und auch am Donnerstag, wenn sie nicht zu lange arbeiten muss. Mehr kann sie nicht sagen. Die Worte gehen über ihre Kräfte. Einmal, noch bevor sie Dr. Brunel kennenlernte, hatte Laure sie besucht. Und ihre Mutter hatte gesagt: Du musst ins Krankenhaus. Das war natürlich eine Leistung gewesen, so ein vollständiger Satz mit Subjekt, Prädikat und adverbialer Bestimmung. Laure hatte ein Schweigen eintreten und es sich noch verdichten lassen. Abschließend hatte ihre Mutter in neutralem Ton gesagt: Dann wirst du also sterben. Wie sie auch gesagt hätte: Macht nichts, gib mir mal das Salz. Laure erwartete Aufbegehren, Angst, Drohungen. Darauf hätte sie lange warten können. Sie hätte sich totwarten können. Das Leid, das Leid ihrer Mutter, war nicht mehr auszudrücken. Sie ging, aß und schlief wie ein Roboter, gesteuert von Neuroleptika, geknebelt von Stimmungsaufhellern, ein stummer Roboter in einer chemischen Zwangsjacke.

An jedem zweiten Wochenende, wenn Louise ihre Mutter besucht, sieht sie auch fern. Sucht sich irgendwo in Kalifornien oder Miami eine Zuflucht. Nie verpasst sie *Hart aber herzlich* mit Jonathan und Jennifer, den schwerreichen Verfechtern der Gerechtigkeit. Die beiden haben viel Spaß zusammen, es ist schön, so etwas zu sehen. Wenn es am Sonntagabend Zeit ist, zur Gare du Nord zu fahren, lässt Louise sich bitten, sie will das Ende der Sendung nicht verpassen, schindet Minute um Minute heraus und bleibt bis zur letzten. Den Zug würde sie sowieso lieber verpassen. Das ist offensichtlich. Das Übrige auch. Sie weiß, was sie erwartet. Ihr Vater wird sie mit einer halben Stunde Verspätung abholen. Sie wird auf der kleinen Verkehrsinsel mitten auf der Straße stehen, wo sie früher, als Laure noch bei ihnen wohnte, zu zweit warteten. Sie wird in der Kälte auf seine Strafe dafür warten, dass sie über das Wochenende zu ihrer Mutter gefahren ist.

Laure ist mit ihrem kleinen Wochenendgepäck wieder in die Metro gestiegen. Sie sorgt sich um Louise. Sie hasst und verachtet sich. Sie schämt sich für das, was sie ist, und für das, was sie nicht mehr ist. Für Louise war sie Orientierung, Halt und Schutz. Sie beide gehörten zusammen. Laure hat sie verraten. Sie ist krank geworden, auch sie, krank wie die anderen, krank im Kopf. Das Allerschlimmste. Die große Schwester, die gute Schülerin, die-in-Paris-eine-tolle-Hochschulkarriere-machen-wird, ist böse gestrauchelt. Sie prahlte laut damit, sie habe alles weggesteckt, alles verdaut, sie hatte ihre Hundertmeilenstiefel geschnürt, um vor alledem abzuhauen und sich der Welt zu stellen. Bis zu dem Tag, als ihr diese verletzte Kindheit mit einem Mal wieder hochkam. Sauer. Sie konnte noch so viel kauen, wiederkäuen und schlucken, sie bekam sie nicht mehr herunter. Sie hatte geglaubt, sie sei quitt, sie habe ihren Teil weggehabt. Sie hatte geglaubt, sie könne so davonkommen, fast unversehrt, nur ein kleines bisschen sensibler, aber sie hörte nicht auf, diese kleinen Bröckchen Kindheit im Mund hin- und herzuschieben wie lehmige Kiesel, die sie nicht ausspucken wollte. Sie wollte nicht erwachsen werden, wie könnte man mit solchen inneren Verletzungen erwachsen werden? Sie wollte diesen Mangel, den sie in ihr geschaffen hatten, mit Leere füllen, sie für diesen Ekel zahlen lassen, den sie vor sich selbst hatte, für dieses Schuldgefühl, das sie noch mit ihnen verband.

Sie ist zu ihren Eltern in den Club der Schädlichen, der Durchgeknallten, der vom Leben Versehrten gegangen. Und hat Louise bei ihnen zurückgelassen, wo sie als Verbündeten nur einen kleinen Bruder im Schlafanzug hat, den sie selbst bald nicht mehr kennen wird. Sie wusste ihnen beiden nicht zu sagen, wie sehr sie sie liebte, welch verzehrendes Gefühl sie für sie empfand.

Laure kam mit einer halben Stunde Verspätung im Krankenhaus an. Man hatte sich schon Sorgen gemacht. Vor ihrem Fernseher saß Fatia. Die sichtlich geweint hatte. Sie lächelten sich kurz zu, doch Fatia schien sich so auf ihre Serie zu konzentrieren, dass Laure keine Fragen stellte. Schweigend räumte sie ihre Sachen vom Wochenende weg, holte das Heft und die neuen Stifte, die sie am Samstag gekauft hatte, aus der Tasche und dazu noch ein paar Kleidungsstücke von früher, die sie hinten in einem Schrank verstaut hatte. Sonntags kommt Dr. Brunel nur in Notfällen ins Krankenhaus. Er hat sein eigenes Leben, das echte Leben eines gesunden Mannes, und eine Familie. Laure ging hinaus und machte einen Rundgang durch die Flure, nichts hatte sich verändert, die Fernseher in den noch offenen Zimmern blinkten wie Weihnachtslichterketten. Bis zum Abendessen nahm sie sich ihr Strickzeug vor. Einen viel zu üppigen Schal.

Fatia kam nach dem Essen wieder. Setzte sich in den Sessel und griff nach der Fernbedienung. Ohne um Erlaubnis zu fragen. Ohne Laure auch nur anzusehen. Sie schaute sich eine Serie an und dann noch eine. Sie hatte nichts mitgebracht, weder Datteln noch Kaffee. Laure spürte, wie sich Fatias Kummer in der Luft anreicherte. Und dann schlief Laure ein. Wegen dieser stummen Gegenwart bei ihr, dieser zarten und beruhigenden Gegenwart. Als sie wieder aufwachte, war es nach Mitternacht. Der Fernseher war aus. Fatia weinte still. Den Kopf in den Händen vergraben, während ihr schwarzes Haar zu beiden Seiten ihres Gesichts wie zwei tote Schlangen herunterhing.

Fatia blieb so. Vergeblich suchte Laure nach Worten und Geschichten für sie, Geschichten wie die von Dr. Brunel, von Oasen, Wüstenfürsten und fünfbeinigen Kamelen. Laure sagte nichts. Vielleicht war Fatias Mann nicht gekommen. Vielleicht weinte sie wegen der Sonntagsschwester, die sie damals, als sie betrunken vom Ausgang zurückgekehrt war, verpetzt hatte.

Laure ging zu Fatia und streichelte ihr das Haar, sie wusste nicht recht, was sie tun sollte. Mein Körper ist trocken, sagte Fatia, als sie den Kopf hob. Mein Körper ist trocken, weil ich es so gewollt habe, verstehst du. Mein Körper ist trocken und kann ihm kein Kind schenken, deshalb schreit er und wirft Sachen durchs Zimmer, er schlägt mit der Faust gegen die Türen, er will einen Sohn, er sagt, dass er nicht mehr lange warten wird, dass er eine andere Frau nehmen wird. Laure, mein Körper ist trocken, weil ich es so will.

Da nimmt Laure diesen Körper, der in seiner ganzen Einsamkeit glänzt, in die Arme, diesen von der Krankheit unfruchtbar gemachten Körper. Diesen ausgedörrten Körper.

VIII

BEIM WIEGEN am nächsten Morgen zeigt sich, dass Laure abgenommen hat. Trotz all der Bemühungen am Wochenende. Trotz der Sonde, die sie über Nacht wieder angeschlossen hat. Sie fühlt sich in einem Körper gefangen, der sie beherrscht. Sie erwartet ihn ohne jede Furcht, diesen Seelenretter im weißen Kittel, sie wird ihm sagen, dass sie aufgibt, dass sie nicht mehr kann, dass es zu schwer ist. Dass sie der Mühe nicht wert ist. Dass man sie in ihrer Ecke krepieren lassen soll wie eine angefahrene Katze.

Als er ins Zimmer tritt, sah sie zuerst die Sanftheit in seinen Augen. Dr. Brunel hat kleine, wie mit dem Taschenmesser geschnittene Augen, doch sein Blick ist ruhig. Er hatte die Hände in die Kitteltaschen gesteckt, seine Art zu sagen, dass er in friedlicher Absicht komme. Er fragte Laure, wie der erste Wochenendurlaub verlaufen sei, wie es sich angefühlt habe, draußen zu sein. Sie versuchte ihm den Schock des wiedergefundenen Daseins zu beschreiben, die Langsamkeit alltäglicher Gesten, die man mühsam, wie beim ersten Mal, ausführt. Sie suchte nach Worten, wollte, dass er es ebenfalls spürte, dass es durch den Körper ging. Er setzte sich neben sie auf das

Bett. Wieder schien er zu wissen, was ihm vielleicht andere vor ihr schon erzählt hatten, vielleicht waren ihre Stimmen genauso brüchig geworden wie Laures, er wusste, welcher Schwindel sich dieser zarten Körper bemächtigte, sobald sie draußen waren, wusste um den Aufruhr ihres ins Leben zurückgekehrten Fleisches. Er fragte sie, was sie gemacht habe, wohin sie gegangen sei, wie die Mahlzeiten verlaufen seien, was sie gegessen habe. Sie hatte Nudeln mit Thunfisch und Hacksteak, ja, rotes Fleisch, ja, da staunen Sie, und außerdem Tomatensalat, was ich nachmittags gegessen habe, weiß ich nicht mehr, ach, doch, am Samstag einen *chausson aux pommes* bei meiner Freundin Tadrina, ich war mit Louise bei ihr ... Sie zählte immer weiter auf, doch bald dachte sie nur an die immense Erleichterung, die sie empfinden würde, wenn sie sich nur ein einziges Mal in seine Arme schmiegen könnte.

Daran denkt sie immer, an die Wärme seines Körpers. Sie möchte, dass er sie ebenso sehr liebt wie sie ihn, dass er bei ihr bleibt, sie für immer in sich behält, sie nicht gehen lässt. Vielleicht spielt er damit, allgegenwärtig und doch manchmal mit seiner Anwesenheit geizend. Übrigens ist das alles vielleicht nur ein Spiel, das er unwillentlich anführt und bei dem der Einsatz nicht mehr zu bemessen ist.

Er ist wieder gegangen. Über die Gewichtsabnahme hat er nichts gesagt. Unter anderem weiß er auch, welchen Preis so ein erster Wochenendfreigang hat.

Corinne ist entlassen worden. Ihre Eltern haben sie abgeholt. Sie trug einen marineblauen Lodenmantel. Sie sah gut aus, unverdächtig, sie glich allen anderen braven Mädchen ihres Alters. Sie kam in Laures Zimmer, um sie zu umarmen. Sie wollte ihr viel Glück wünschen. Sie würde sie besuchen kommen, sagte sie. Ihre Eltern warteten auf dem Gang.

Was wird in zehn Jahren noch von diesen Begegnungen übrig sein? Was wird sie von Fatia und Corinne behalten, werden sie sich wiedersehen? Werden sie es schaffen? Um welches Leben zu leben, mit welchen Folgen und um welchen Preis? Darüber denkt Laure nach. Vielleicht bleibt ihnen als Gemeinsamkeit nur die konfuse Erinnerung an diesen Einschnitt, diese Phase ihres Lebens, die Erinnerung an ein Krankenhaus, das sie nicht mehr erwähnen werden, ein Riss, über den sie kaum miteinander gesprochen haben, der jedoch bereits ein unsichtbares, unverständliches Band zwischen ihnen webt.

Die Zimmer bleiben nie leer. Noch am selben Tag wird eine Zweiundzwanzigjährige aufgenommen. Sie wiegt hundertachtzehn Kilo. Sie esse praktisch nichts, sagt sie, aber es zeigt sich, dass sie trinkt. Zwölf Liter Wasser am Tag und acht in der Nacht. Man befasst sich mit ihr. Ärzte, die Laure noch nie gesehen hat, suchen sie auf. Man bringt sie zu Untersuchungen. Sie beschließen dann, sie auf Entzug zu setzen, sie darf nur noch wenige Gläser trinken. Sie leidet, vor allem nachts. Laure beobachtet ihren wassergefüllten Körper, der sichtlich abschwillt. Um die Zeit herumzubringen, strickt Catherine in aller Eile kleine Pullis für ihren Sohn. Sie zeigt Laure, wie sie ihren Schal abketten kann, und schlägt ihr Maschen für ein neues Strickzeug an.

Mehrmals in der Woche geht Laure in den ersten Stock hinunter, um Zeitschriften für ihre weniger beweglichen Nachbarn zu holen, *Nous Deux, Intimité, l'Équipe*. Laure schließt sich den Menschen in ihrer Umgebung an. Ganz langsam baut sie sich eine neue Familie aus armen Verwandten und entfernten Cousins auf, die im Pyjama herumwandern und durch die großen Fenster auf die Stadt schauen. Sie kennt alle auf der Station kursierenden Geschichten über Geschwüre, Därme und Eingeweide und auch die wöchentlichen Dienstpläne der Schwestern und Schwesternhelferinnen. Morgens kommt Blandine und kümmert sich ums Bettenmachen und das Menü. Sie setzt sich nie, nimmt sich aber oft einen kleinen Augenblick Zeit zum Reden. Man müsse durchhalten, sagt sie, und Laure sei jetzt viel hübscher. Sie erzählt ihr von jenem ersten Tag, als Laure ankam, und wie viel Angst man bekomme beim Anblick von jemandem in solch einem Zustand. Eric erzählt ihr, wenn er das Tablett abholt, von durchgefeierten Disconächten, von den Mädchen in ihren hautengen Hosen und den Gläsern, die man nicht mehr zählt, während ihr Régis seine Panik eines jungen Vaters vor dem Supermarktregal mit den Windeln schildert. Dinge von draußen. Jeden Tag bringt ihr Anouk Hamstervorräte. Sie hat noch gute Beziehungen zur Küche, wo sie lange gearbeitet hat, bevor sie als Pflegehelferin in den zwölften Stock kam. Anouk baut nach und nach einen Lebensmittelvorrat auf, den Laure mit nach Hause nehmen soll, wenn sie entlassen wird. Genug, um eine Belagerung auszuhalten. Marmelade, Zucker, in Zellophan verpackte Madeleines und Kekse, hochkalorische Trinknahrung mit Vanille- und Schokoladengeschmack, die man mit dem Strohhalm schlürft. Von dieser mütterlichen

Fürsorglichkeit überwältigt, stapelt Laure in ihrem Schrank Päckchen und Packungen, als wären es Kinderschätze. Es erinnert sie an die Zeit, als der Zucker in ihrem Mund schmolz, ohne dass ihr übel davon wurde. Sie räumt Anouks Tütchen in den Schrank wie genießerische Erinnerungen, ihr Geruch und Rascheln erinnern sie an den schulfreien Mittwoch, den sie bei ihrer Tante verbrachten, als sie noch bei ihrer Mutter wohnten. An Wintertagen legten Laure und Louise Puzzles, malten oder hörten Geschichten. Sie lagen auf dem Sofa oder bäuchlings auf dem Teppichboden und fühlten sich plötzlich geborgen. Zum Nachmittagsimbiss öffneten sie neugierig die Küchenschränke, holten Joghurts aus dem Kühlschrank oder bestrichen Zwieback mit gezuckerter Kondensmilch. Laure schnitt den Caprice des Dieux in feine Scheiben, die sie zwischen zwei Chips legte, um ihn als Sandwich zu knabbern. Sie ließ das Ganze zwischen Gaumen und Zunge schmelzen, umhüllt von warmem Speichel, und beförderte es dann in köstlichen kleinen Schlucken durch die Kehle. Laure denkt daran wie an ein Vorher, eine Zeit der Sorglosigkeit. Ohne es zu wissen, aß sie ölgetränkte Chips und Käse mit sechzig Prozent Fettanteil. Ohne es zu wissen, war sie frei.

Heute Abend bemerkt Dr. Brunel, dass Laure ein neues Strickzeug begonnen hat. Er erzählt allen und jedem, dass ihr das fertige Werk sehr gut stehen werde. Sie stellt ihn sich in einem beigen Rechts-Rechts-Pulli im Kimonoschnitt vor, wie Louise und sie ihn als Kinder trugen. Sie lächelt.

Fatia bleibt abends sehr lange auf. Wenn die Fernsehserien zu Ende sind, irrt sie durch die Gänge oder raucht in ihrem Zimmer. Morgens schimpfen die Pflegehelferinnen, weil sie nicht aus ihrem Bett will. Sie mag den Tag nicht, sagt sie, sie will in Ruhe gelassen werden. Selbst wenn Laure sie abzuholen versucht, um mit ihr etwas in der Cafeteria trinken zu gehen, will sie nichts davon hören, sie zieht sich die Decke über das Gesicht und antwortet nicht. Sie findet das beschissen, das alles, das Krankenhaus, das Essen, das Leben. Sie streikt.

Laure nimmt zu. Sie beobachtet das Ergebnis ihrer Gewissenhaftigkeit in kleinen Ausschnitten, betrachtet einzelne Gliedmaßen, doch sie erträgt es nicht mehr, sich ganz in der Scheibe gespiegelt zu sehen, wenn die Jalousie geschlossen ist. Sie begnügt sich damit, ihre Brüste schwellen zu sehen, betrachtet sie im Profil im Spiegel und drückt den Oberkörper heraus. Sie ist stolz auf sie, sie zeugen von den Überresten ihrer Weiblichkeit, sie hätte sie gern schwerer und auch höher angesetzt. Bei allem Übrigen wird das Einverständnis mit jedem Tag schwieriger. Ihre Wangen füllen sich allmählich, was sie reut. Jedes Gramm, das sie zunimmt, scheint sich dort anzusiedeln, als wollte es sie verspotten, sie entmutigen, als wollte es sie brutal an die runden, rosigen Wangen ihrer geknebelten, erstickten Jugend an der frischen Luft erinnern.

Ganz langsam löst sie sich aus einer Betäubung, die ihr kaum bewusst war. Ganz langsam findet sie wieder Gefallen an anderen. Und zahlt einen Preis dafür. Der in Kilo berechnet wird. Als sie in einem höllischen Eisschrank eingeschlossen war, nahm sie nur noch das Geräusch ihres Atems wahr. Sie konnte kaum sprechen. Sie konnte nicht länger als zehn Minuten im Kino bleiben, sie konnte kein Buch mehr lesen, sie war von innen ausgezehrt, sie war überhaupt nicht mehr in der Lage, Menschen und Dinge mit Gefühl wahrzunehmen, sie krepierte vor Kälte und Angst. Sie kann es kaum glauben. Sie kehrt von einer ausgedörrten Erde zurück, von der sie nicht erzählen kann, die nur er kennt. Sie trägt ihre Spur in sich. Auf dem Weg zurück ins Leben wird ihr plötzlich klar, dass sie nackt ist. So viel verwundbarer ohne ihren Eispanzer. Sie versucht, ihren genesenden ungeschickten Körper zu akzeptieren, sie versucht, ihre Fingernägel nicht ins Fleisch zu bohren, um dieses ganze Fett auszureißen, das wie Unkraut wuchert.

Dr. Brunel kommt oft am späten Nachmittag und bleibt für einen Moment, um ein bisschen zu reden. Er weiß, wie verwundbar sie ist. Er erkundigt sich nach der Qualität der Fernsehsendungen, sieht aus dem Fenster, beginnt, Geschichten zu erzählen, die er irgendwo abbricht, er unterstützt sie.

Du musst die Hand ergreifen, die man dir hinhält, hatte er gesagt, Hilfe annehmen, man kann nicht immer allein kämpfen. Du musst zunehmen, um die Heilung akzeptieren zu können. Sie ließ sich von diesem Paradox einlullen, ließ alles geschehen. Acht Kilo hat sie ihm geschenkt oder vielleicht auch sich selbst, sie weiß es nicht mehr zu unterscheiden.

Am Abend, wenn es dunkel wird, geht Laure oft aus. Die Pariser Luft hat den Reiz des Verbotenen. Auf der Straße senkt sie den Kopf und weicht den Blicken aus. Manchmal hat sie Angst, sie könne jemandem aus dem Krankenhaus begegnen und ihn nicht erkennen. Sie trinkt in einem der Lokale in der Nähe einen Tee mit Milch oder läuft bis zum Einkaufszentrum in der Rue Championnet am Ausgang der Metrostation Guy Môquet. Sie flaniert. Berührt Kleidungsstücke, Schuhe, Bücher. Berauscht sich. Tut so, als glaubte sie, sie könne da bleiben oder nach Hause gehen und nicht zurückkehren. Sie würden sich Sorgen machen, ihre Mutter anrufen, ein bisschen nach ihr suchen, in der Cafeteria und in den anderen Zimmern auf der Station. Doch sie kehrt immer zurück, sogar eilig. Ganz sicher kommt er heute Abend nach der Sprechstunde. Sie kehrt zurück, weil sie ihn braucht, weil sie diese Zuflucht braucht, die er ihr bietet.

Manchmal entdeckt Laure um die Mittagszeit das Vergnügen am Essen wieder. Das nichts mit der obszönen Besänftigung des an seine Grenzen gezwungenen Körpers zu tun hat. Gerade nur ein kleiner Schrei im Magen, der nichts will außer der Befriedigung. Sie mag überbackenen Mangold, Brathähnchen und Grießpudding. Ihre Wärmflasche hat sie mitsamt der Mohairdecke, die ihre Tante ihr gebracht hat, ganz hinten in den Schrank geräumt. Der Schlaf lässt nicht mehr so lange auf sich warten, und er ist tiefer. Sie hat keine Angst mehr vor der Nacht.

Wenn man vor der Welt geschützt ist, verblasst die Angst langsam. Jeden Tag die gleichen Beschäftigungen, die gleichen Gespräche. Dort, wo sie ist, fühlt sie sich sicher. Das hat sie gebraucht. Dieses ganze Leben rings um sie, wie eine Glasglocke. Fiebermessen, Blutabnahme, Menü, Putzen, Essenstabletts, Krankenschwestern, Pflegehelferinnen, die Oberschwester, alles bis auf die Viertelstunde genau vorhersehbar. Das hat sie gebraucht. Die frische Bettwäsche und die fast täglich gewechselten Gummiunterlagen, der Wischmopp, die Tür, die sich zwanzigmal öffnet und schließt, der Arzt und die Armada der Weißgekleideten, die Stockwerksnachbarn, die Diätassistentin. All das war nötig, um die Angst wegzuwischen und die Einsamkeit zu brechen. Jetzt lauert eine andere Gefahr auf sie; sie könnte im beigen Linoleum Wurzeln schlagen, sich für immer an diese Krankheit ketten, sie könnte vergessen, dass man auch anders leben kann, und sich mit dem Kartoffelbrei aus der Tüte und – schön im Warmen sitzend, schläfrig und gut geschützt vor der seelenfressenden Angst – mit den zehn Quadratmetern begnügen, die ihr zugeteilt sind.

Julia soll im Krankenhaus eigentlich von der Sucht kuriert werden, kam aber heute Morgen angeblich wegen einer Leberstörung auf die Station. Sie funktionierte nur noch mit Heroin. Man gibt ihr Spritzen gegen die Schmerzen und Beruhigungsmittel. Am ersten Abend raucht Laure mit ihr im Aufenthaltsraum eine Zigarette. Fatia hat sie bei *Colombo* gelassen. Als erste Annäherung tauschen sie ein paar Belanglosigkeiten aus. Warum bist du hier? Seit wann? Julia würde gern etwas Warmes trinken. Laure sprintet los und holt ihre Thermoskanne und die Teebeutel. Bis tief in die Nacht erzählen sie sich ihre Vergangenheit und ziehen Vergleiche, sie können gar nicht mehr aufhören zu reden. Julia beschreibt ihre Drogentrips, und Laure erzählt vom Rausch des Fastens und den Angstanfällen, die sich wie Entzugserscheinungen anfühlen. Gemeinsam ist ihnen dieses Gefühl von Macht, das untrennbar mit dem Gefühl von Verfall vermischt ist. Sie wissen auch, dass es zum Sterben zu spät ist. Je später es wird, desto gelblicher werden Julias Augen. Laure spürt, wie die Müdigkeit ihr Gesicht aushöhlt. Die Nachtschwester schickt sie beide ins Bett.

Laure liegt in der Dunkelheit, sie hat die Kopfhörer ihres Walkmans in den Ohren, um das Summen der Maschine nicht zu hören. Sie lässt sich wiegen. Sie wartet auf den Schlaf. Plötzlich sieht sie wieder diese Frau in der Avenue René-Coty vor sich, die sie mitten im Lauf aufgehalten hatte, um sie zu fragen, ob sie die Spatzen höre. In ihrem Gedächtnis sucht sie nach den Straßen, Boulevards und Vierteln, die sie in alle Richtungen abgelaufen hat, sie findet die Wege wieder, überschlägt die Anzahl der Kilometer, die sie sich tagtäglich reinzog. Sonst konnte sie ja nichts mehr tun.

Heute Morgen geht Fatia nach Hause. Sie ist ganz in Schwarz. Laure betrachtet die winzigen Tätowierungen auf ihrem Gesicht, sie sind wie Auslassungspünktchen, deren Bedeutung sie nicht kennt. Ihr Mann kann sie nicht abholen, er arbeitet auf einer Baustelle. Sie wird nach Hause gehen, sie wohnt ganz in der Nähe des Krankenhauses, sie wird die Vorhänge zuziehen, das Geschirr spülen, Gemüse putzen. Sie wird den Fernseher anschalten und die Vormittags- und auch die Nachmittagsserien sehen. Frauen in violetten Kostümen, die auf Ledersofas schluchzen, alte Schönlinge in dreiteiligen Anzügen, die ihre Sorgen im Whisky ertränken, blonde junge Mädchen, die in der kalifornischen Sonne liegen. Ihre Augen sind traurig. Fatia weiß, dass sie zurückkommen wird, wenn sie all diese Kilos wieder los ist, die man ihr auf den Körper gepackt hat. Sie ist Anorektikerin, dieses Wort gibt es weder in ihrer Sprache noch in ihrer Kultur, es hat sich in ihrer dunstigen Küche im Viertel Porte de Clignancourt an sie geklammert.

Laure begleitet sie nach unten bis zu den Glastüren. Sie umarmen sich. Fatia sagt etwas auf Arabisch zu ihr, einen Segenswunsch oder ein Gebet. Laure sieht der kleinen, dunklen Gestalt nach. Sie ist traurig.

Laure hat das Stricken aufgegeben. Sie strickt einfach zu schlecht. Ihre Wollknäuel hat sie Catherine geschenkt, der übergewichtigen jungen Frau, die gerade lernt, Wasser maßvoll zu trinken. Stattdessen will sie Collagen anfertigen. Sie fängt mit dem Ausschneiden an. Es nimmt mehrere Tage in Anspruch. Sie bittet ihre Freunde um Zeitschriften und geht zum Kiosk hinunter, um welche zu kaufen. Seite um Seite schneidet sie Nudelpakete, Konservenbüchsen, Fertiggerichte, gestürzte Puddinge, Schokoladentafeln, Bonbontüten, rohe Braten, tote Fische, dampfende Kochtöpfe, verschnürte Hähnchen, halbierte Pampelmusen, Mayonnaisetuben und offene Münder aus. Jetzt geht sie ans Kleben. Wissenschaftlich. Liebevoll. Sie füllt ein großes Blatt mit diesen papiernen Lebensmitteln, dicht an dicht, sie lässt keine Zwischenräume. Und dann schneidet sie Buchstaben aus den Zeitungen aus. Und klebt sie einzeln auf. Sie schreibt: *La bouffe c'est pas du gâteau.* Nein, Essen ist kein Kinderspiel. Als ihr Werk vollendet ist und sie es sich mit beiden Händen vor die Augen hält, empfindet sie angesichts dieser totalen, unlogischen Unordnung plötzlich ungeheure Befriedigung. Noch am selben

Abend überreicht sie Dr. Brunel dieses sperrige Geschenk, das viel schwerer wiegt, als es den Anschein hat.

An einem anderen Tag beginnt sie einen Brief an ihn. Stückchenweise. Zeitweise lässt sie ihr Heft liegen. Sie schreibt ihm von der Angst gestern und von der heute. Sie erzählt ihm zum ersten Mal von Lanor, die so getauft wurde, als sie zu später Stunde das bleiche Gesicht und die hohlen Augen in ihrem Badezimmerspiegel sah. Lanor, die Anorektikerin, das schwankende Skelett, das sich an ihre Fersen geheftet hat, das ihr den Ekel ins Ohr flüstert und sich über ihr Umherirren freut. Lanor, die sie von innen verbrennt. Stückchenweise beschreibt sie diesen bisher stumm gebliebenen unendlichen Schrei. Diesen Schrei, den sie nicht zu hören wussten. Die Leere ihres freigelegten Skeletts, alles umsonst.

Eines Tages gibt sie ihm den Brief. Später fragt er sie, ob er ihn seinen Studenten vorlesen dürfe. Sie versucht, Begriffe für diese kleinen Inseln Leben zu finden, die langsam in ihr zu pulsieren beginnen. Sie geht den Weg zurück. Sie schreibt immer noch. Briefe an Pierre, die sie ihm nicht schickt, Briefe an Tadrina, an ihre Großeltern, einen Brief an den Französischlehrer, den sie in den beiden letzten Klassen auf dem *Lycée* hatte und der sie die Freude an der Literatur gelehrt hat. Sie schneidet alles aus, was ihr unter die Finger kommt. Sie beklebt farbiges Zeichenpapier. Sie hängt die Collagen in ihrem Zimmer auf. Sie hört immer lauter Radio. Sie tanzt bei geschlossener Zimmertür. Sie telefoniert im Stehen. Sie macht auf ihrem Bett Bauchgymnastik. Sie geht in die Cafeteria hinunter, findet neue Freunde aus anderen Abteilungen, besucht sie, kommt und geht. Es hält sie nicht mehr in ihrem Zimmer. Sie betäubt sich, um nicht an ihren Körper zu denken, der sichtlich anschwillt.

Wenn du nicht denkst, sagte Fatia immer, geht es.

IX

»WAS MAGST DU LIEBER, Papa oder einen Joghurt?«

Es war eine rituelle Frage. Seit der Kindheit. Sie verbarg viele andere: Wen magst du lieber, Papa oder Mama, Papa oder die Lehrerin, Papa oder Louise, Papa oder den Rest der Welt? Er war der Meinung, dass Laure zu viele von diesen Joghurts aß. Zu viel Joghurt führt angeblich zu Kalziummangel.

Sie reicht nie, die Liebe, die man ihm schenkt. Ihr Vater leidet darunter, dass er nicht richtig geliebt wird, er leidet an der Leere, die er, langsam und unwillkürlich, rings um sich schafft. Er leidet an einer seltsamen Krankheit, die auch an ihm selbst frisst. Er zerstört alles, alle Bindungen, alle Gefühle.

Laure lernte Madame Bauer kennen, als sie eines Tages in ihr Zimmer kam und ihr erklärte, sie habe hübsche Socken. Tennissocken. Jemand habe ihr gesagt: »Das Mädchen am Ende des Gangs hat runde Kekse.« Und Madame Bauer hatte just ein wenig Hunger. Laure holte ihren Vorrat aus dem Schrank, Madeleines, Butterkekse, Waffeln und sonstige mit reiner Butter gebackene Plätzchen für jeden Geschmack: Bedienen Sie sich. Madame Bauer schaute sie sehr dankbar an.

Sie sieht gar nicht so aus in ihrem abgetragenen Morgenmantel, aber 1935 war sie Miss Österreich. Sie entschuldigte sich dafür, dass sie so alt und so ungepflegt war.

Seither lässt Madame Bauer keine Gelegenheit ungenutzt, Laure ihr Miss-Österreich-Foto zu zeigen. Wenn sie in ihr Zimmer zurückkehrt, irrt sie sich immer in der Tür und entschuldigt sich dann überschwänglich. Sie sorgt sich darum, ob die Nachthemden, die ihr das Krankenhaus zur Verfügung stellt, auch nicht unanständig seien. Laure betrachtet sie voller Mitleid, sie und diese Einsamkeit, die ihr an den Pantoffeln klebt, sie und diesen verblühten Körper, den man durch den Morgenmantel wahrnimmt. Laure erkennt, wie vielgestaltig und unlogisch zusammengestellt die »gastroenterologische Sippe« ist. Drogenabhängige, Leute mit Magengeschwüren, Anorektiker, Verhaltensgestörte und Verkalkte aller Art stöhnen um die Wette. Sie haben einen Riesenkummer oder einen Zitterich. Madame Bauer teilt ihr Zimmer mit einer anderen alten Dame, die man bis ans andere Ende des Flurs schreien hört. Eine Art Tyrann im Seniorenalter, der den ganzen Tag widersprüchliche Befehle gibt, die Madame Bauer ohne Widerworte und überaus liebenswürdig befolgt, wobei sie sich ständig dafür entschuldigt, dass sie nicht schneller ist oder das kleine rote Halstuch nicht finden kann, das ihr die andere auf der Stelle herbeizuschaffen befohlen hat. Die Alte, die ihr Bett nicht verlassen kann, redet oder stöhnt dauernd, ganz gleich, ob Madame Bauer im Zimmer ist oder nicht. Von Schreien unterbrochene Monologe, die durch die stets offene Tür den ganzen Flur erfüllen. Sie verlangt die Bettpfanne, Krankenschwestern, Ärzte, die Oberschwester, gibt imaginären

Freunden, die über einem Abgrund hängen, gute Ratschläge: Sieh nicht nach unten, sieh bloß nicht nach unten, mach einen Schritt zur Seite, ganz langsam, greif nach dem Fels links von dir, setz den Fuß auf, hörst du mich überhaupt? In ihrer Stimme hört Laure die Panik und den nahenden Tod.

Laure nimmt sich das alles zu sehr zu Herzen, dieses ganze stöhnende, spuckende, rufende Alter. Sie würde ihnen gern ihren gesamten Vorrat an runden Keksen geben – und den an eckigen noch dazu. Dieses ganze Privileg, neunzehn Jahre alt zu sein und noch so viel Zeit vor sich zu haben. Doch Madame Bauer wollte es nicht. Sie müssen sie für sich behalten, ein derart mageres junges Mädchen, das ist wirklich zu traurig … Anouk bringt weiterhin Zusatzrationen zu den bereits vorhandenen Zusatzrationen. Laure lagert alles ein und widmet jeden Tag mehrere Minuten der Verwaltung dieser Vorräte. Sie ist sich nicht ganz sicher, ob sie das am Tag der Entlassung alles mit nach Hause nehmen will.

Die Pflegehelferinnen und -helfer machen eine kleine Pause im Aufenthaltsraum. Jocelyne liest Zeitschriften, und Régis spielt Rommé mit dem alten Russen, der sich über seine Einsamkeit beklagt, seit der Stumme nicht mehr da ist. Plötzlich sind die Absätze der Oberschwester zu hören. Beide heben den Kopf und werfen Laure, die mit dem Gesicht zum Gang sitzt, einen fragenden Blick zu. Ja, sie kommt von da. Sie springen synchron auf, die Karten sind schon weggepackt, die Zeitschriften verschwunden. Laure gehört allmählich zum Inventar.

Man muss schon tapfer sein, um mit dem Essen aufzuhören, sagt eines Abends eine Dame in gestepptem Morgenmantel.

Laure versucht nicht, es ihr zu erklären. Nein, Madame, sagt sie nur, damit hat das nichts zu tun.

Ja, Dr. Brunel, der hätte es ihr erklären können. Das Fasten als Allmacht, als Festung. Mit nüchternem Magen kann der Gepard allen Gefahren trotzen. Die Meeresschnecke auch.
    Mit leerem Magen fühlte sie sich stärker und geschützt. Jetzt ist es anders.

Als er in ihr Zimmer kommt und ihre schlechte Laune, ihre übertriebene Dünnhäutigkeit konstatiert, als sie in seiner Gegenwart zusammenbricht, von Wut geschüttelt, weiß sie, dass es nicht mehr um ihr Überleben geht, sondern um ihre Heilung. Sie würde diesen Körper, den sie ihm zu Füßen gelegt hat, gern zurücknehmen, nicht nur weil ihr die Farbe seiner Socken oft fragwürdig erscheint, sondern auch – aber das kann sie ihm noch nicht gestehen – weil sie nicht sicher ist, dass sie auf ihre Revolte verzichten will. Sie öffnet die Augen und möchte ihren Schrecken darüber, dass es so weit mit ihr gekommen ist, herausschreien, bis sie keine Luft mehr hat.
    »Wenn ich dir einfach so mit dem Zauberstab zehn Kilo schenken könnte, würdest du sie annehmen?«
    Unter seinem Blick senkt sie die Lider.
    Sie sagt Nein. Er lächelt, und sie möchte in seinen Armen sein.

Als sie zufällt, macht die Tür ein Geräusch wie ein Blasebalg.

Nachts kommen die Krankenschwestern und reinigen die Ernährungspumpe. Laure öffnet halb die Augen und dreht sich in ihrem Bett herum. Bloß nicht richtig aufwachen, denn sonst gewinnt Lanor wieder die Oberhand. Nachts ist Lanor stärker als die Sonde, sie nagt und verzehrt und schluckt alles. *All you can eat*, und weg sind die Kilos. Sie leistet Widerstand, benimmt sich wie ein aufbegehrendes Organ, das zum Schweigen gebracht werden muss. Auf alle möglichen Weisen verfolgt sie Laure und redet ihr ein, sie sei beklagenswert nutzlos und werde sowieso einen Rückfall erleiden. Sie hindert sie am Schlafen oder bevölkert ihre Träume mit rohem Fleisch, starken Gerüchen und fetttriefenden Fritten.

Doch Laure nimmt Lanor fest in die Arme. Sie weiß es. Sie drückt es zu fest, dieses Ungeheuer in ihr, das nicht zunehmen will, dieses blinde Ungeheuer und auch das kleine Mädchen, das schuldig ist, weil es nicht erwachsen werden will, weil es die Schwester im Stich gelassen hat.

Dr. Brunel spricht vom anorektischen Drogentrip, auf den sie auch geht, wenn sie Nahrung zu sich nimmt, von Mechanismen, die ihr Hirn dazu bringen, nach einem ähnlichen Zustand zu streben. Sie ist nackt wie eine vollgefressene Schnecke, und das Dunkel verschlingt sie von innen.

Ihre Wangen, die sich langsam füllen, die Rundungen, die sich abzuzeichnen beginnen, tun ihr weh; sie leidet unter diesem ganzen Fleisch, das auf ihr wuchert wie ein exponentiell wachsendes Transplantat.

Er weiß das alles. Er errät immer, wie dringend sie ihn braucht. Jeden Abend nimmt sie sich vor, mit gleicher Münze zurückzuzahlen, die lässige und speckige junge Frau zu spielen, die mit diesem ganzen Fett zurechtkommt, das sie wider Willen produziert, die junge Frau, die alles kapiert hat. Sie möchte ihn davon überzeugen, dass sie den Job allein zu Ende bringen kann, dass sie außer Gefahr ist. Er hält sich treu an den täglichen Besuch, setzt sich auf ihr Bett, scharfsichtig testet und beobachtet er sie. Jeden Abend trifft er mit einem Satz oder einer Frage ins Schwarze, ich finde, du wirkst sehr angespannt, jeden Abend hält sie zwei, drei Minuten den Deckel zu, erwidert arrogant seinen Blick, um dann in eine endlose Flut von Rotz und Tränen auszubrechen. Sie verbraucht ein Papiertaschentuch nach dem anderen, bringt zwischen den Schluchzern der Enttäuschung ein paar schmerzvolle Worte heraus. Sie liegt auf ihrem Bett und schämt sich. Sie möchte sich augenblicklich auflösen. Wie ein Tütchen Zucker in einem kochend heißen Tee.

Inexorable, unerbittlich, und *anorexique*, magersüchtig, Sie sehen doch, wie diese Wörter sich gleichen. Doch er glaubt das nicht.

»Fühlt sich für mich komisch an, wieder normale Kleidung zu tragen, nachdem ich all die Wochen hier war. Sie Arme haben ja noch eine ganze Weile vor sich. Aber Sie sehen im Gesicht jetzt wirklich viel besser aus als anfangs. Übrigens auch vom Körper her, aber trotzdem, Sie haben die Suppe noch nicht ganz ausgelöffelt. Haha! Das passte jetzt aber! Also, ich bin hier, um mich von Ihnen zu verabschieden, denn wissen Sie, es fällt mir nicht leicht zu gehen. Die haben im Loiret ein Pflegeheim für mich gefunden, es soll besonders gut sein bei der Nachsorge unter genauster medizinischer Beobachtung.

Ich bin nämlich auch noch nicht aus dem Schneider, müssen Sie wissen. Aber es ist nicht dasselbe. Bei Ihnen hängt es nur von Ihnen ab. Sehen Sie, man gewöhnt sich schließlich an die Menschen, die einen umgeben, so ein Krankenhaus schafft Bindungen. Und deshalb möchte ich Ihnen dieses Fläschchen Rosenwasser schenken, es ist noch ganz neu. Es ist gut für die Haut, es beruhigt. Da, riechen Sie mal, ist doch ein köstlicher Duft. Wie viele Kilos müssen Sie noch schaffen, bevor Sie raus- kommen? Ach, doch noch so viel. Aber wenn Sie Ihr Essen nicht in die Toilette werfen, schaffen Sie's bestimmt. Hauptsa- che, Sie essen ordentlich weiter, wenn Sie draußen sind, und fangen nicht wieder mit dem Abnehmen an. Denn wissen Sie, bei dieser Krankheit gibt es viele Rückfälle. So ist das bei den Krankheiten im Kopf, manchmal sind sie unheilbar. Diese Al- gerierin zum Beispiel, die immer zu Ihnen ins Zimmer kam, anscheinend ist die schon mindestens zum fünften oder sechs- ten Mal hier gewesen. Letztlich ist es eine Frage des Wollens. Na schön, ich muss los. Mein Taxi soll in einer Viertelstunde da sein. Ich fahre zu meinem Vetter, der bringt mich dann heu- te Abend ins Heim. Nun ja, halten Sie sich tapfer. Ich freue mich, Sie kennengelernt zu haben.«

Die Blaue wendet sich zum Gehen. Jetzt trägt sie einen scheuß- lichen lila Mantel. Laure steht in ihrer Tür und sieht ihr nach. Es fehlt nicht viel, und sie hätte geweint. Das geht doch nicht, dass man so empfindsam ist. Es fehlt nicht viel, und sie hätte ein Taschentuch geschwenkt und ihr für all die Monologe ge- dankt, die sie ihr zugemutet hat, diese ganzen Idiotien aus der Tube, die sie verbreitete, und es war unmöglich, die Tube zuzu- schrauben. Stimmt, sie ist fast traurig. Diese ganze Einsamkeit, die an den Menschen klebt, die bringt die Stimmung eben auf den Nullpunkt, das ist alles.

Auf einem Foto, das wenige Tage vor ihrem Krankenhausaufenthalt aufgenommen wurde, entdeckt sie diesen verkrampften Gesichtsausdruck, den man ihr mittlerweile zu beschreiben wagt. Den starren Blick, die müden Züge, die fast durchsichtige Haut. Eine Freundin erzählt ihr eines Tages von den Manövern, die sie ausführte, wenn sie beide verabredet waren: Um Laure erst ohne deren Wissen zu sehen und sich an den Anblick gewöhnen zu können, versteckte sie sich hinter einem Pfeiler oder einem Haltestellenhäuschen. Du hast uns solche Angst gemacht, sagen sie, du hast so entschlossen und so fern gewirkt. Wir wussten nicht, wie wir uns dir nähern und mit dir sprechen sollten, sagen sie, du warst nicht zugänglich. Wir mussten uns auch manchmal auf die Zunge beißen. Mit einer Art mitleidiger Resignation sahen sie von außen zu, wie Laure immer schwächer wurde. Die meisten schwiegen, sie taten so, als wäre nichts, oder entfernten sich unbekümmert. Manche hörten auf, sich mit ihr zu treffen, doch die anderen ließen nicht locker. An die denkt sie jetzt, an die, die sie nicht fallen ließen, die weiterhin anriefen und vorbeikamen, obwohl von ihr nichts kam. Sie versprach, mit ihnen etwas trinken zu gehen oder ins Kino oder ins Restaurant, doch immer kam etwas dazwischen, wurde es verschoben und abgesagt. Sie stopfte ihren Kalender mit Terminen voll und versank mit jedem Tag tiefer in der Einsamkeit. Sie jonglierte mit Vorwänden, Entschuldigungen, unvorhersehbaren Hinderungsgründen, weil sie nicht mehr hinterherkam, weil sie nicht ganz einfach sagen konnte: Ich kann nicht mehr, ich kann mich nicht mehr hinsetzen, so ist das eben. Ich bin zu nichts anderem mehr imstande, als meinen Körper von innen zu verbrennen, das gibt mir das Gefühl, mir sei warm. Als ihr sogar die Stimme versagte, spitzten sie die Ohren und fragten mitfühlend, ob sie sich erkältet habe. Nur Tad schimpfte mit ihr: Laure, das geht doch nicht, Scheiße noch mal, was willst du eigentlich, womit soll das alles enden? Einmal hatte Laure geantwortet: Ich will sterben. Tad war aufgesprungen, außer sich. Das stimmt nicht, Laure, hatte sie gebrüllt, wenn du sterben wolltest, hättest du es längst getan, du weißt besser als viele andere, dass es schneller wirkende Mittel gibt. Laure hatte nicht geweint, ihre Tränen waren schon lange versiegt gewesen, sie war gegangen und hatte die Tür hinter sich zugeknallt. Sie wäre gern imstande gewesen, Tad zu danken, viel später hat sie es getan.

Als Laure klein war, wollte ihre Mutter sterben. Sie sprach vom Suizid als einer sehr noblen, aber auch sehr traurigen Tat. Als Laure zehn Jahre alt war, starb der Bruder ihrer Mutter. Er hatte sich eine Kugel in den Kopf geschossen. Noch morgens hatte er sich seine Flasche Milch gekauft. Daran erinnert sich Laure, an dieses absurde Detail, das sie in einem Gespräch mitbekommen hat, er hatte sich seine Flasche Milch gekauft. Ein bisschen später erschoss sich auch der Cousin ihrer Mutter. Es ist nicht bekannt, ob er vorher eingekauft hatte. Bekannt ist nur, dass solche Toten danach ganz langsam an ihren Familien nagen. Ihre Mutter hatte gerade zum dritten Mal einen Bruder verloren, ihre Mutter sagte, es sei so mühsam zu leben. Sie schrieb mit dem Lippenstift an den Badezimmerspiegel: »Ich schaffe es nicht mehr lange.« Tage-, vielleicht sogar wochenlang putzten sich Louise und Laure mit dem Tod ihrer Mutter quer über dem Gesicht die Zähne. Wenn sie aus der Schule kamen, hatten sie Angst vor der Stille. Angst, sie auf dem grauen Teppichboden liegen zu sehen.

Es ist so mühsam zu leben. Es sind dieselben Worte, die ihr über die Lippen kommen, Worte, die sie in diese Nachkommenschaft intakter Verletzungen einreihen.

Als sie im Krankenhaus ankam, hatte sie keinen Hintern mehr, sondern eine Pospalte, die so breit war wie ein Schützengraben. Sie musste das Thermometer mit der Hand festhalten, damit es nicht herausfiel. Sie stieß sich an der Bettwäsche, als würden sich ihre Knochen durch die Haut bohren. Jede Woche vermerkt sie die Verbesserungen, macht sie ein Inventar der Vorteile. Die Tage des Genesens gleichen sich, sie selbst sammelt sich. Kleine gemeine Details tauchen von irgendwoher in ihrem Gedächtnis auf. Der Essig, den sie über den Salat schüttete, das Sprudelwasser, mit dem sie sich abfüllte, um sich besser zu verzehren. Sie denkt an diese Abende, an denen sie, mit dem Rücken an den Heizkörper gelehnt, Kochrezepte abschrieb. Aus den Zeitschriften heraus stellte sie Rezept-Ordner zusammen: Kalbfleisch, Rindfleisch, Tartes, Nudeln. Sie machte Verzeichnisse. Aber sie setzte sie auch, als sie noch bei Tad wohnte, um und buk Kuchen, schmorte allerlei in Saucen, doch sie kostete nie davon, tauchte nicht einmal den kleinen Finger hinein. Es machte ihr Freude, die anderen zu mästen, Tad und die anderen Freunde, die vorbeikamen, zu sehen, wie sie dem Schoko-Mandel-Kuchen nicht widerstehen konnten und sich immer noch ein weiteres Stückchen nahmen, einfach nur, weil es so gut schmeckte. Sie selbst rührte nichts von alledem an. Sie ging morgens für die anderen Croissants holen und stellte den Zucker auf den Tisch. Ihr zu Gefallen musste man feste essen. Sie verfluchte alle, die keinen Hunger hatten, denn der Unterschied musste betont werden.

»Ich werde nicht rückfällig werden«, hat sie in ihr Heft geschrieben, es ist eher eine Beschwörung als eine Gewissheit. Sie möchte daran glauben. Es ist ja auch bekannt: Aufgetautes darf nicht wieder eingefroren werden.

Heute Abend hatte sich Laure in einen Sessel gesetzt, um eine Zigarette zu rauchen. Die Türen waren wieder zu, die Krankenschwestern machten ihre letzte Runde. Im Aufenthaltsraum wurde vorm Schlafengehen noch ein wenig geschwatzt. In kleinen Schritten kam eine alte Dame aus ihrem Zimmer. Sie müsse auf der Stelle zur Metro gehen. Es war zehn Uhr abends, und unter dem offenen Bademantel war ihr ausgetrockneter, unbehaarter Körper zu sehen. Sie begann sich bei verschiedenen Personen nach dem aktuellen Preis eines Metrotickets zu erkundigen und ergatterte, nachdem sie der Auskunft der »Pariserin« Laure Vertrauen geschenkt hatte, bei Miss Österreich, die ihr mehrmals viel Glück, gute Reise und guten Mut wünschte, fünf Francs. Zehnmal hintereinander lief sie den ganzen Flur ab, ihre fünf Francs in der einen Hand und in der anderen einen abgefahrenen alten Fahrschein, den ihr die Schwestern gegeben hatten. Und jedes Mal kam sie an dem belustigten Grüppchen vorbei, blieb stehen, wunderte sich darüber, noch immer hier zu sein, erbat noch weitere

Auskünfte und machte sich wieder auf den Weg, jedes Mal ermuntert von Madame Bauer, die ihr riet, sich zu beeilen, damit sie die letzte Metro nicht verpasse. Laure hingegen gab zu bedenken, es sei vielleicht vernünftiger, bis zum nächsten Tag zu warten. Nach mindestens zehn Anläufen beschloss die tapfere alte Dame, ihren Ausflug zu verschieben. Neben Laure stand Monsieur Hundertdreißigkilo – natürlich nicht mehr ganz – und bemerkte bitter, über so etwas könne man nur lachen, wenn man zu mehreren sei. Bringen Sie mir die Bettpfanne, schrie in diesem Augenblick eine Frau vom anderen Ende des Gangs. Laure stand auf und ging schaudernd in ihr Zimmer zurück.

Laure hat mit den Zeitschriften aufgehört. Jetzt schneidet sie Umrisse aus Zeichenpapier aus. Männer und Frauen in verschiedenen Farben, die sie sorgfältig aufklebt, sie sehen sich an, sie folgen einander oder kehren sich den Rücken zu. Sie sind immer in Bewegung und nie dick.

Eines Abends nimmt Laure Julia auf eine ihrer kleinen abendlichen Fluchten mit. Julia ist nicht so leicht dazu zu überreden, sie hat Angst, dass sie ertappt wird und man sie verdächtigt, sie habe das Krankenhaus verlassen, um sich Heroin zu besorgen. Unsinn, es wird dir guttun, ein bisschen frische Luft, eine ordentliche Brise vom Périphérique. Julia gibt schließlich nach. Sie trinken einen Tee in einer Bar am Boulevard Ney. Julia zittert ein wenig. Trotz all der Medikamente, die sie sich den ganzen Tag über reinpfeift, ist sie wie ein Schwamm. Durchlässig. Verwundbar.

Sie warten einfach nur darauf, dass die Zeit vergeht. Die Zeit muss vergehen, damit sie sich davon entfernen, daraus herauskommen können. Sie zählen die Tage und Stunden, es ist anstrengend.

Die Blaue wurde durch eine Anorektikerin erster Güte ersetzt. Wenn sie das wüsste. Laure lächelt bei dem Gedanken, ihr ein Kärtchen aus Paris zu schreiben, liebe Marie-France, stellen Sie sich vor, Sie hatten kaum den Rücken gekehrt, da haben die, weil es ihnen nicht reichte, Sie endlich los zu sein, an Ihrer Stelle ein Skelett hier untergebracht, und zwar ein echtes, das können Sie mir glauben, das in engen Leggings durch die Gänge spaziert, um der Welt noch ein wenig Knochen zu zeigen (wie es sich ja auch gehört).

Catherine ist mit Medikamenten und ein paar Empfehlungen entlassen worden, nachdem sie einige Dutzend Kilo Wasser verloren hat. Sie wartete schon ungeduldig darauf, wieder zu ihrem Sohn zu kommen. Monsieur Palmenmorgenrock erholt sich nur schwer von der Woche kompletten Fastens, zu der man ihn verurteilt hatte. Am schlimmsten ist es, sagt er, wenn man mittags die Schildkröte hört und weiß, dass die anderen sich jetzt vor ihr Essenstablett setzen. Manchmal könnte man dann weinen, sagt er. Laure wagt nicht, ihn zu fragen, wie viel er seit seiner Ankunft hier abgenommen hat.

Eines Morgens ruft ihre Stiefmutter sie im Auftrag ihres Vaters an. Er habe nicht mehr die Kraft dazu. Das alles zermürbt ihn so, weißt du, und er hat ja auch genug anderes um die Ohren, seinen Job, all die Probleme mit deiner Mutter und dann noch

Louise, die uns mit ihrer Pubertät beglückt. Sie findet es empörend, dass Laure immer noch da im Krankenhaus lebt wie die Made im Speck. Was das heißen solle, Ekel, wenn man fast zwanzig sei und aussehe wie ein Model? Du musst dir selbst einen Tritt in den Hintern geben, Laure, gib dir einen Tritt. Die hat gut reden, sie, die noch nie irgendeine Arbeit angepackt hat. Wenn die wüsste. Was machte die denn aus ihren trägen Tagen, außer heimlich trinken, um die Leere ihrer Existenz zu vergessen und vielleicht auch die Schuldgefühle, weil sie bei alledem Komplizin war, weil ihr Sohn manchmal nachts herunterkam, wenn ihn Stimmen geweckt hatten, warum weinen Laure und Louise?

Als Laure auflegte, kam Tads Mutter in ihr Zimmer. Laure war außer sich. Sie warf mit dem Camembert nach ihr und brüllte, ah, wir wollen also bei der Fütterung des Raubtiers zuschauen? Tads Mutter stellte fest, dass Laure ihre Aggressionen nicht mehr gegen sich selbst richtete, und fand das sehr positiv.

Eines Tages holt Anouk Laure ab, um ihr die Küche zu zeigen. Sie hat so ihre Sonderrechte im Untergeschoss. Laure beobachtet fasziniert, wie die Tabletts fertig gemacht werden. Die Speisen werden in großen Aluminiumbehältern warm gehalten, ganze Becken voller Fischstäbchen, Kalbsschnitzel oder Ratatouille. Das Personal trägt Gummihandschuhe und Hauben. Die Tabletts werden von einem Fließband transportiert und entsprechend der vom Computer ausgedruckten Karte einzeln befüllt. Dann werden sie in die Schildkröten gestellt, die am Ende des Fließbands dösen. Die Essenswagen fahren allein mit den Lastenaufzügen in ihr jeweiliges Stockwerk.

Anouk schwatzt mit den früheren Kollegen und füllt sich bei dieser Gelegenheit die Taschen mit noch lange haltbaren kleinen Obstkonserven, die sie dann Laure geben wird. Laure kann sich kaum vom Anblick dieses Ameisenhaufens losreißen.

Dr. Brunel erhält den Druck aufrecht. Wenn er zu ihr kommt, behält er die Hände in den Kitteltaschen. Er wird sie nie in die Arme nehmen, damit muss sie sich abfinden. Wegen dieses Schamgefühls, das wie eine unsichtbare Wand zwischen ihnen steht, wegen dieser Dinge, die man nicht sagt. Manchmal spricht er, erklärt und beruhigt, manchmal kommt er, setzt sich hin und beobachtet sie schweigend. Dr. Brunel ist auch ein überaus effizienter nonverbaler Kommunikator. Laure legt ihm in kleinen, kompakten Päckchen diesen Lebenshunger zu Füßen, der sie krank gemacht hat, inzwischen versteht sie ihn, diesen maßlosen Appetit, der aus ihr quoll, der sie entblößte, diesen unersättlichen Schlund, der sie so verwundbar machte. Sie war wie ein riesiger gieriger Mund, der alles verschlingen wollte, sie wollte schnell und intensiv leben, sie wollte, dass man sie auf den Tod liebte, sie wollte diese Wunde der Kindheit heilen, diese nie gefüllte klaffende Lücke schließen.

Weil dieser Wunsch sie der ganzen Welt als Beute auslieferte, hatte sie ihn in einen ausgemergelten Körper eingemauert, sie hatte diesen wahnsinnigen Lebenswillen, dieses absurde, ausgehungerte Streben geknebelt, sie hatte sich Entbehrungen auferlegt, um dieses Übermaß an Seele zu kontrollieren, sie leerte ihren Körper von diesem anstößigen Begehren, das sie auffraß und das zum Schweigen gebracht werden musste.

»Liebe Marie-France, Sie fehlen uns. Sie können sich nicht vorstellen, wie sehr sich die Station verändert hat. Blandine hat sich in den Mutterschutz verabschiedet, und ihre Vertretung ist eher von der kratzbürstigen Sorte. Seit gestern ist der Computer völlig durch den Wind, Hacksteak mit Kartoffelbrei für alle, ich brauche Ihnen ja nicht zu beschreiben, was los war. Stellen Sie sich vor, die Anorektikerin, von der ich Ihnen schon erzählt habe, Anaïs, zieht sich drei- bis viermal am Tag um, eine echte Kleiderhaken-Schau. Wir sitzen oft in ihrem Zimmer und reden, sie lässt die Jalousien immer unten und trinkt den ganzen Tag lang Tee. Wir erzählen uns von unseren jeweiligen Verrücktheiten, und sie weint viel. Ach, diese Krankheiten im Kopf, Sie wissen ja, was das heißt. Ehrlich gesagt ist sie mindestens genauso krank wie ich, und ich fühle mich plötzlich viel weniger allein. Sie hat es abgelehnt, dass man ihr eine Sonde legt, und wirft die Hälfte vom Inhalt ihrer Essenstabletts ins Klo. So, Marie-France, jetzt muss ich Sie verlassen, meine Extras erwarten mich. Bei diesen viertausendfünfhundert Kalorien am Tag nehme ich schön gemütlich zu. Nochmals danke für das Rosenwasser, es duftet göttlich.«

Laure schreibt imaginäre Postkarten an die Blaue, die sie nicht vergessen kann. Eine zerbrechliche und gedunsene bösartige Frau. Und außerdem ein Ungeheuer an Einsamkeit. Jetzt verbringt Laure einen Großteil ihrer Zeit mit Anaïs, die ihr Zimmer mit Fotos aus Modezeitschriften tapeziert hat. Anaïs ernährt sich ausschließlich von Bonbons und Puderzucker. Alles Übrige wirft sie weg oder erbricht es.

Laure betrachtet unauffällig Anaïs' Körper, sie kann sich kaum vorstellen, dass sie ihr einmal glich, vielleicht schlimmer aussah, wie ein verdurstendes Komma kurz vorm Durchbrechen. Eines Abends zeigt ihr Anaïs ein Foto, das ihre Schwester von ihr gemacht hat, als sie noch nicht krank war. Laure erkennt sie kaum. Sie berührt das Porträt mit dem Finger, als sei es manipuliert worden, Anaïs schaut ins Objektiv, ihre Augen glänzen, ihre Haut ist glatt und ein wenig gebräunt, sie strahlt Selbstvertrauen aus. Laure versucht sie davon zu überzeugen, dass sie damals viel hübscher war. Anaïs lächelt verblüfft. Ihr Gesicht ist ausgemergelt, sie hat den typischen Ausdruck Unterernährter, einen braunen Flaum oberhalb der Lippen und diesen verstörten, fernen Blick, den Laure inzwischen unter Tausenden zu erkennen vermag. Anaïs, die von ihren Eltern ins Krankenhaus gebracht wurde, weigert sich aufzugeben. Sie gewinnt Zeit.

Wenn die Zeit stehen bleibt, wenn sie gar nichts anderes zu tun haben, als die Uhren anzustarren, spielen sie Verstecken. Anaïs zählt bis fünfzig, und Laure sucht ein Versteck. Ziel ist es, sich in einem Zimmer zu verschanzen und möglichst auch die Tür hinter sich zu schließen. Anaïs muss Laure dann in einem der zweiundzwanzig Zimmer der Station finden. Laure ist bei Madame Bauer, hat sich hinter ihrem Bett versteckt. Madame Bauer muss so sehr lachen, dass Laure Angst bekommt, ihr könne das Herz versagen oder das Gebiss herausfallen.

Ein andermal spielen sie Nachlaufen. Das ist viel schwieriger. Nachlaufen zu spielen, ohne dass es danach aussieht. Denn eine Anorektikerin, die in einer Abteilung für Essstörungen rennt, erregt natürlich Verdacht.

Wenn die Oberschwester nicht da ist, warten sie vor dem Aufzug auf die Schildkröte, klettern auf das Untier, das stolz und zögerlich seiner Spur folgt, und lassen sich, ohne einen Fuß auf den Boden zu setzen, bis zum Eingang der Station befördern.

Wenn Laure mit Anaïs spricht, ist das wie ein Prüfstein für ihren Verzicht. Weil sie zehn Kilo zugenommen hat, weil sie damit einverstanden war, dass man ihr einen Schlauch in die Nase schob, hat sie das Gefühl, eine dunkle, aber überaus wichtige Sache verraten zu haben. Sie weiß, dass Anaïs ihr das verübelt. Sie weiß, dass Anaïs das ein wenig abstoßend findet, Laures Körper, der wieder Formen annimmt, diese Kapitulation. Dieses Musterschülerinnenhafte, das sie manchmal an sich hat, dieser vernünftige – wieder zur Vernunft gekommene – Ton, den sie ihr gegenüber anschlägt. Ohne ein einziges Wort zu sagen, ruft Anaïs mit aller Kraft nach ihr, ohne es zu wissen, klammert sie sich an sie und fleht sie an, nicht aufzugeben, sich nichts gefallen zu lassen. Laure fühlt sich zerrissen, schwankt vielleicht. Ohne es zu wollen, gehört sie noch zu dieser undurchsichtigen Welt, deren Gesetze sie gebrochen hat. Doch sie kann nicht zurück. Anaïs hingegen macht keine Zugeständnisse. Sie fährt voll gegen die Wand. Dr. Tannenbaum, der sie behandelt, sagt ihr immer wieder, dass sie nicht in diesem Krankenhaus bleiben darf, wenn sie sich nicht an die Spielregeln hält. Anaïs erzählt Laure von ihren Fressanfällen, wenn sie abends Babys sittete und methodisch die Schränke leerte, um dann alles ins Klo zu erbrechen. Anaïs möchte sie die Scham nachfühlen lassen, die sie in sich trägt, diese kiloweise unterschiedslos in sich hineingestopften Nahrungsmittel, die mit den Händen gegessene Butter.

Ob man kotzt oder nicht, das Ergebnis ist dasselbe. Der Körper entleert sich.

Abends erzählen sie sich gegenseitig von diesem spiegelbildlichen Wahnsinn. Und einmal nimmt Laure diesen vom Schluchzen geschüttelten kleinen Körper in die Arme. In Anaïs' Zimmer liegt ein angenehmer Geruch nach Marmelade.

X

LAURE HAT DIE SCHWELLE von fünfundvierzig Kilo überschritten, die bei ihrer Größe dem »akzeptablen Mindestgewicht« entspricht. Sie ist jetzt schon seit fast drei Monaten im Krankenhaus. Man wiegt sie nur noch einmal in der Woche, das zeigt, wie fest man jetzt mit ihrer Heilung rechnet. Genauso, wie sie eines Abends aus einer Laune heraus ihr Strickzeug und die Wollknäuel aufgegeben hat, hat sie jetzt ihre »Collage-Phase« abgeschlossen. Vom vielen Ausschneiden hatte sie Blasen am Daumen bekommen. Sie zeichnet ein bisschen und verbringt viel Zeit mit Telefonieren. Die Abende erscheinen ihr endlos lang. Um neunzehn Uhr dreißig ist das Abendessen zu Ende, das Tablett sauber gewischt, und die Tür schließt sich hinter der Pflegehelferin. Die Nachtschicht ist noch nicht da. Bevor sie gehen, machen die Krankenschwestern noch eine Runde, um die letzten Tabletten zu verteilen und sich zu vergewissern, dass alles in Ordnung ist. Die Zeit dehnt sich zwischen den Fingern wie ein zu lange gekauter Kaugummi. Es wird ruhiger, nur wenige Besucher bleiben über das Ende der Besuchszeit hinaus. Es fällt Laure schwer, allein in ihrem Zimmer zu sitzen. Sie ruft ein oder zwei Leute an, und dann schlüpft sie in ihre Siebenmeilenpantoffeln, um in den neunten Stock hinunterzugehen, wo sie ein paar Bekannte hat. Sie steckt den Kopf in ein Zimmer, verweilt ein bisschen in einem anderen. Sie bringt Kekse mit und hört sich das Leid der anderen an, die geschwollene Haut, die offenen Bäuche, das vernähte Fleisch, Geschichten von Wundklammern, Verbänden und Stichen. Ihren Walkman hat sie Patricia geliehen, die nicht mehr ohne einschlafen kann. Patricia ist gerade an der Milz operiert worden, sie schnauft wie ein Seehund, träumt aber den ganzen Tag über von dem Joint, den sie im Treppenhaus rauchen wird, sobald sie aufstehen kann.

Sie geht zu Anaïs. Seit zwei Tagen will Anaïs ihr Zimmer nicht mehr verlassen. Sie tauschen Kleidungsstücke, betrachten sich gegenseitig und erzählen sich die verrückten Dinge, die sie gemacht haben, bevor sie ins Krankenhaus kamen. Von ihren Festungstürmen aus rufen sie sich etwas zu und strecken sich die Hände entgegen. Sie sind Seite an Seite, entfernen sich voneinander und nähern sich manchmal für die Dauer eines Papiertaschentuchs wieder einander an.

Dr. Brunel hat ihr einen zweiten Wochenendurlaub gewährt. Der Winter ist vor der Zeit gekommen, sie hat es gar nicht bemerkt. In den Schaufenstern winden sich die ersten Lichterketten. Sie nimmt den Vorrat, den Anouk für sie angelegt hat, mit nach Hause und räumt ihn in den Küchenschrank. Dann geht sie noch einmal hinunter und macht ein paar Einkäufe für Tadrina, die sie zum Abendessen eingeladen hat. Sie bleibt vor den Klamottengeschäften stehen, sie würde gern hineingehen und etwas kaufen, irgendetwas, um hübsch auszusehen und Dr. Brunel zu gefallen, Blau ist seine Lieblingsfarbe. Sie wagt es nicht. Sie ist nur eine vorübergehende Form ohne genaue Umrisse, zu dick, als dass sie sich nackt in einem Spiegel anschauen könnte, aber auch noch zu mager, um in die Kleidung für ein völlig neues Leben zu investieren. Sie ist im Dazwischen, sie weiß es, und das noch lange, zwischen einer Krankheit, auf die sie nicht ganz verzichten kann, und künftigen Tagen, die sie sich noch nicht vorstellen kann. Louise ist bei ihrem Vater, sie konnte dieses Wochenende nicht kommen. Zu Hause schaltet Laure das Radio an, es ist wie eine musikalische Verbindung zum Krankenhaus, eine Nabelschnur. Sie sortiert ein paar Papiere, schreibt ein, zwei Seiten in das Heft, das sie immer mit sich herumschleppt, geht kurz mit dem Staubsauger durch die Wohnung und macht das Fenster zum Lüften weit auf. Als Tad an der Tür klingelt, empfindet Laure eine Erleichterung, die sie sich nicht einzugestehen wagt. Jetzt kann sie die Zwiebeln in der Pfanne andünsten, das Nudelwasser aufsetzen, sie werden reden, bis sie vom Schlaf eingeholt werden, und Laure kann für einige Stunden vergessen, dass sie nur beurlaubt ist – ein hinreichend klarer Ausdruck dafür, dass ihre Freiheit nur vorläufig ist.

Am nächsten Tag wacht sie bei Tagesanbruch auf, ein schmaler Streifen grauen Lichts fällt durch den winzigen Spalt zwischen den Vorhängen. Wie gern würde sie wieder die morgendliche Schlaftrunkenheit von früher empfinden, als sie noch im Bett bleiben konnte, als sie sich von oberflächlichen Träumen hinwegtragen ließ, die nur durch kurze Wachphasen unterbrochen wurden, als sie sich unter der Decke noch einmal umdrehte, um die sanfte Nacht in die Länge zu ziehen. Sie steht auf, es ist sieben Uhr, die Stille in der Wohnung macht ihr Angst. Ihre Schlafzimmertür bleibt geschlossen, kein Fiebermessen, kein Frühstückswagen, kein Kommen und Gehen am Fußende ihres Bettes, das diese ganze Leere rings um sie füllen könnte. Sie allein entscheidet, ob sie das Brot toasten wird oder nicht, ob sie die Butter aus dem Kühlschrank holt und eins der kleinen Marmeladengläschen aus dem Krankenhaus öffnet oder nicht. Es gibt keine Zuschauer, keine Zeugen ihres guten Willens, es ist nur, wenn man sich sehr konzentriert, das Schnaufen der Heizung zu hören. Sie hat den Wasserkessel aufgesetzt und macht sich ein kleines Tablett zurecht, auf das sie mehrere Brotscheiben legt, sie öffnet ein Päckchen Butter und setzt sich an den Tisch. Gewissenhaft kaut sie ihr Frühstück, Extras inbegriffen.

Sie macht den ganzen Vormittag lang Ordnung, sie leert alles, wirft weg, macht Häufchen nach Themen, öffnet Schubladen, Kartons, sortiert Fotos, räumt die Küchenschränke um, putzt die Badewanne, mistet Kleidung aus, sucht im Schrank unter der Spüle die großen Müllsäcke hervor. Sie füllt die Zeit. Mittags geht sie zum Essen zu ihrer Mutter. Sie würgt an einer Art Schluchzen, das sich tief in ihrer Kehle verklemmt hat.

Seit einigen Wochen geht es ihrer Mutter besser. Sie besucht Laure oft im Krankenhaus. Sie bildet Sätze, wenn Laure sie im Fahrstuhl nach unten begleitet. Als sich beim letzten Mal die Türen schlossen und den Anfang von etwas, vielleicht von einer Geschichte, unterbrachen, sagte sie zu Laure: »Ich erzähl's dir später.« Laure fuhr wieder hinauf in den zwölften Stock, und diese unvorstellbaren, verrückten Worte, die wirklich aus dem Mund ihrer Mutter gekommen waren, schwebten über ihr und verströmten in der stickigen Luft einen Duft nach Heiterkeit. Ich erzähl's dir später – kaum zu glauben.

Laure klopft an die Tür, die Klingel hat noch nie funktioniert. Ihre Mutter hat gerade den Salat gewaschen und trocknet sich die Hände an der Ecke eines Küchentuchs ab. Laure bleibt stehen, sie bringt es nicht fertig, sich hinzusetzen. Ohne es zu merken, läuft sie hin und her, vielleicht sucht sie Louise. Louise fehlt ihr. Sie trinkt in kleinen Schlucken einen Apfelsaft, ihre Mutter hat sich eine Flasche Bier aufgemacht. Laure versucht zu sprechen, diesen Zustand der Einsamkeit zu beschreiben, der sie wiegt und der sie anwidert. Es ist nicht zu glauben, sagt sie, wie einsam man im Leben ist, ganz allein in seiner Kiste, und noch mehr Unsinn dieser Art. Ihre Mutter hört zu und starrt dabei in die Flasche, und dann wird sie plötzlich wütend. Die Worte kommen ihr aus dem Mund, rempeln sich an, stürzen zum Ausgang, werden wie mit der Geburtszange eins nach dem anderen hervorgerissen. Du hast nicht das Recht, so zu sprechen, Laure, sagt sie, du, die von allen geliebt wird, die von allen unterstützt wird, stell dir vor, Laure, was ich erlebt habe, als ich mit dreiunddreißig Jahren in die geschlossene Abteilung kam und von meinen beiden Töchtern getrennt wurde. Stell dir vor, was das für eine Frau bedeutet, wenn sie plötzlich bei den Irren ist und mit einem Schlag ihren Job, ihre Wohnung und ihre Kinder verloren hat. Stell dir die Einsamkeit vor, das Eingeschlossensein. Glaub mir, ich habe einiges hinter mir, mehr als du.

Es ist wie eine enorme Ohrfeige, eine meisterhafte Ohrfeige. Laure ist ganz benommen. Die Worte haben sich in Luft aufgelöst, sie hatten nicht die Zeit, auf den Teppichboden zu fallen. Laure möchte ihrer Mutter danken für diesen seltenen, flüchtigen Augenblick des Aufbegehrens, sie kann es nicht. Sie weint, immerhin.

Sie sind dann zu zweit spazieren gegangen, aufs Geratewohl, ohne besonderes Ziel. Laure ist noch zu Hause vorbeigegangen, um ihre Sachen zu holen. Bevor sie wieder aufbricht, schreibt sie noch in ihr Heft. Sie stellt die Heizung ab und dreht beim Abschließen den Schlüssel zweimal im Schloss. Sie weiß nicht, wann sie wiederkommt. Sie muss zurück ins Krankenhaus zu einem tollen Kostümfest, wo der Morgenrock Vorschrift ist. Um Pantoffeln wird gebeten. Es gibt Aufbaukost und Extras, so viel das Herz begehrt, die Ernährungspumpen geben eine Sondervorstellung mit einem Summ-Stück im Jazztakt, man wirft wie Konfetti bunte Tabletten in die Luft, rülpst solo oder zu mehreren, lässt die Mägen im Gleichtakt grummeln, und die Schildkröten improvisieren ein Ballett zur Melodie von *Ah, tu verras, tu verras*. Sie sitzt in der Metro und lächelt.

Sie findet ihr Zimmer vor, wie sie es verlassen hat. Mein Zimmer, sagt sie, wenn sie davon spricht – komm doch heute Abend auf ein Glas in mein Zimmer –, von diesem Zimmer, das wie tausend andere ist, gelb und sauber. Es ist ein bisschen ihr Zuhause, sie weiß, wo alles ist, wie die Schränke eingeräumt sind, auf dem Brett unten stapeln sich die Hosen, darüber die T-Shirts, Slips und Socken und ganz oben die Pullis.

Im Nachtschrank hat sie Papiertaschentücher, Hefte, Stifte und das Ernährungstagebuch. Die Kargheit dieses Raums beruhigt sie, es ist, als würde sie außer ein paar Nachthemden und zwei, drei Büchern nichts besitzen. Sie hat Angst vor dem Überfluss, sie hat Angst vor dem, was sie zu Hause erwartet, die Schränke voller Kleider, Briefe, Papiere und dann das ganze Geschirr. Sie hat Angst vor der Verbundenheit, die sie wider ihren Willen gegenüber diesen Dingen empfindet, vor dieser Abhängigkeit. Sie hat Angst vor diesen Gegenständen, die sie wie scheppernde Kochtöpfe hinter sich herzieht. Sie wäre gern imstande, alles wegzuwerfen, nichts zu besitzen. Dieses Zuviel in ihr und rings um sie, mit dem sie nichts anzufangen weiß.

Anaïs hat die Fotos, die sie an die Wände gehängt hat, wieder abgenommen und verstaut ihren Wasserkocher im Koffer. Ich verdiene es nicht, gesund zu werden, hat sie zu Laure gesagt, ich verdiene das alles nicht, diesen Wohlstand, in dem ich lebe, dieses viel zu einfache Leben, ich bin ein Unkraut, ein wild wucherndes Kraut.

Anaïs ist wieder gegangen, wie sie gekommen war. Ein eisiger kleiner Luftzug. Sie ist höchstens zwei Wochen geblieben und hat ein oder zwei Kilo zugenommen. Auch sie ist volljährig, ihre Eltern konnten sie nicht zum Bleiben zwingen.

Sie ruft Laure häufig an, sie hat Schmerzen, sie übergibt sich, sie weiß nicht mehr, was sie tun soll. Sie hat Laure einen breiten Ledergürtel und ein gestreiftes T-Shirt dagelassen. Laure vermisst Anaïs und auch den Geruch ihres Zimmers, einen

Duft, den es sonst nirgends gibt, einen Duft nach Zucker, nach Kindheit.

Sie hätte ihr gern geholfen, ihre Qual gelindert.

Bis jetzt hat Laure alles mit sich machen lassen. Sie hat die Sonde akzeptiert, die Speisepläne respektiert und fast alle Extras geschluckt. Je mehr sie zunimmt, desto mehr steigert sie in kleinen, unbedeutenden, unverdächtigen Schritten ihren Energieverbrauch. Sie läuft im Krankenhaus hin und her, tanzt immer länger zur Radiomusik, zappelt beim Telefonieren auf ihrem Bett herum. Sie versucht mit allen Mitteln loszuwerden, was sie in sich aufnimmt, und diese Gewichtszunahme, die sie nicht mehr beherrscht, zu verlangsamen. Sie erstickt. Man beglückwünscht sie zu ihrem gesunden Aussehen, stellt fest, dass sie die besten Aussichten auf Genesung hat. Sie quillt überall über, sie ist nur noch ein anderen zum Fraß vorgeworfenes dickes Stück Fleisch. Man versucht ihr einzureden, sie sei immer noch zu dünn, sie müsse noch einige Kilos zunehmen, wenn sie aus dem Krankenhaus entlassen sei. Jeden Abend beim Einschlafen denkt sie an die fünfzehn Stockwerke, die sie nachts in großen Sprüngen hinauflaufen könnte. Jeden Abend denkt sie an diese Tür, die Fatia ihr gezeigt hat, diese kleine grüne Tür, die aussieht wie alle anderen und zum Treppenhaus führt. Sie sucht nach einem Ausweg, sie spürt, dass es nicht mehr weit ist bis zur Sättigungsschwelle, dass sie am Ende dessen ist, was sie zulassen konnte, dass die zwölf Etagen unter ihren Schritten nachgeben.

Sie zählt die Tage nicht mehr. Sie beschäftigt sich, wartet. Sie betastet das Fleisch ihrer Schenkel, ihres Pos, ihrer Waden und dehnt die Haut zwischen ihren Fingern, um das Gewicht dieses neuen Körpers abzuschätzen. Wenn sie sich im Sitzen ein wenig vorbeugt, glaubt sie auf ihrem Bauch die Andeutung eines Speckwulstes zu sehen. Sie möchte, dass ihr Körper straff und fest bleibt, sie möchte, dass sich diese Kilos in eine Rüstung verwandeln.

Eines Morgens erwacht sie vor der sakrosankten Stunde des Fiebermessens. Im Zimmer ist es noch dunkel. Ihre Augen sind verklebt, sie kann sie kaum öffnen. Mit den Fingerspitzen streichelt sie über ihre geschwollenen Lider. Sie schafft es nicht, richtig wach zu werden, dabei muss sie etwas Wichtiges tun, etwas Dringendes, einem wirren, undeutlichen Befehl folgen, der ihr über Nacht erteilt wurde. Sie springt auf, öffnet die Tür ihres Zimmers, klettert barfuß auf die Waage, schiebt selbst die Gewichte hin und her, sie hat ja Hunderte Male dabei zugesehen, aber alles ganz vorsichtig, damit sie keinen Lärm macht. Jetzt öffnet sie die Augen, reißt sie auf, sucht mit den Fingerspitzen nach dem Gleichgewicht, in ihrem Magen pulsiert die Angst. Achtundvierzig Kilo. Sie steigt von der Waage herunter. Macht im Badezimmer das Licht an, zwingt sich, im Neonlicht des Spiegels ihr Gesicht zu betrachten, einfach so, direkt gegenüber, ihr noch vom Schlaf geschwollenes Gesicht.

Sie wird nicht weiter gehen. Nein. Kein Gramm mehr.

Der Tag beginnt wie die anderen, sie ist wieder unter die Decke gekrochen, Jocelyne kommt mit dem Fieberthermometer. Laure hat ein strammes Programm, sie darf keine Minute verlieren, sie steht auf und zieht die Jalousie hoch. Nach dem Frühstück springt sie unter die Dusche, läuft nach unten, um die Zeitungen für ihre Etagennachbarn zu holen, und danach wieder hinunter in den neunten Stock, um Patricia zu besuchen. Zurück im Zimmer, sucht sie das Menü für den nächsten Tag aus, räumt ein wenig auf und stellt den Fernseher an. Sie muss noch heute eine Lösung finden. Die Krankenschwester bringt die Flaschen mit der Sondennahrung und leert zwei davon in den Vorratsbehälter der Pumpe. Laure schließt die Sonde an und beobachtet, wie die undurchsichtige Flüssigkeit langsam durch den Schlauch bis zu ihrer Nase dringt, die Maschine summt, verhöhnt sie. Laure überlegt. Und findet eine Lösung.

Abends gegen siebzehn Uhr rollt sie Mantel und Schal zusammen und geht eilig davon, sie muss etwas einkaufen. In einem Haushaltswarenladen kauft sie eine kleine Kelle aus Aluminium. Sie ist sehr hübsch mit ihrem Holzstiel. Laure hat sie in einer Plastiktüte unter den Arm geklemmt. Als sie oben in ihrem Zimmer ankommt, ist sie außer Atem. Während ihrer Abwesenheit hat die Schwester die anderen beiden Flaschen in den Behälter geleert. Laure wartet bis zum Abend, bis nach dem Abendessen, bevor sie ihren Plan in die Tat umsetzt.

»Liebe Marie-France. Sie haben wirklich recht. Alle Anorektiker sind verschlagen und verlogen. Selbst ich, die ich so oft gekränkt war wegen Ihrer boshaften Andeutungen, selbst ich, die ich Sie schließlich doch von meinem Anstand überzeugen konnte, habe eine gar nicht so dumme Möglichkeit gefunden, mein kleines Universum hinters Licht zu führen, stellen Sie sich mal vor! Damit Sie es wissen, ich ertrug es nicht mehr, so sichtbar anzuschwellen, ich ertrug es nicht mehr, von dieser verdammten Maschine wie eine Gans gestopft zu werden. Und wissen Sie was? Ich habe eine kleine Kelle gekauft, um die Nährlösung aus dem Behälter zu entfernen. Stellen Sie sich den Wasserbehälter einer großen Kaffeemaschine vor, man braucht nur den Deckel abzunehmen und die Kelle langsam in die Flüssigkeit einzutauchen. Man hebt sie wieder hoch, wenn sie voll ist, aber nicht zu voll, damit nichts verschüttet wird, geht vorsichtig zum Waschbecken, leert die Kelle in den Ausguss und wiederholt das Ganze. Man darf nicht übertreiben, nur zwei-, dreimal am Tag und nicht mehr als hundert Milliliter, damit man nicht entdeckt wird. Abends erhöhe ich die Dosis ein wenig, zwei- oder dreihundert Milliliter, bevor das Licht gelöscht wird. Ehrlich, Sie können sich nicht vorstellen, welche Erleichterung es bedeutet, fünfhundert Kalorien im Ausguss verschwinden zu lassen.«

Laure betrügt Dr. Brunel nicht. Nein. Sie isst weiterhin, schreibt jeden Tag jede Mahlzeit wahrheitsgetreu auf. Die Kelle ist etwas anderes. Eine instinktive Abwehrreaktion, ein kleiner Aluminiumschild, den sie geschickt handhabt, ein letztes Aufbäumen. Sie sieht es nicht als Betrug, eher als einen Fall höherer Gewalt. Die Kelle, die sie unter einem Kleiderstapel ganz hinten im Schrank versteckt hat, ist nur ein ordinäres Küchenwerkzeug, das Lanor schwenkt, Lanor, die den Stiel umklammert und sich mehr schlecht als recht wehrt. Laure weiß nicht, warum, warum sie nicht weiter gehen kann, aber sie erträgt kein einziges zusätzliches Gramm. Sie erstickt in einer Mischung aus Fett und Kapitulationen, die außer ihr niemand sieht.

Jetzt, kurz vorm Ziel, besucht Dr. Brunel sie immer häufiger. Er kommt zu allen möglichen Zeiten, fegt herein und wieder hinaus, kommt etwas später wieder, setzt sich halb auf die Bettkante, immer auf dieselbe Seite. Er hat seine Antennen für besondere Gelegenheiten ausgefahren, seine Nasenflügel beben, er beobachtet. Er will wissen, was sie über sich selbst denkt, wie sie in diesem kaum lebensfähigen Körper lebt, wie sie sich selbst wahrnimmt, wie sie sich ihre Zukunft vorstellt. Er sondiert. Fragt aus. Nimmt sie mit boshaften Bemerkungen unter Beschuss, sie sind wie kleine Raketen mit Suchkopf. In kleinen Bissen nagt er winzige Stückchen aus dem Möchtegernpanzer, den sie noch aufrechterhält. Nach mehreren Tagen Inquisition bricht sie zusammen. Und spuckt es aus. Er steht vor ihr, angespannt, reglos. Sie hat Angst vor dem Gesundwerden, so ist das. Sie klammert sich an diese Krankheit als einzige mögliche Lebensweise. Sie hat keine andere Identität, sie verteidigt die Spuren ihrer Magerkeit wie die letzten Anzeichen ihres Daseins. Tief in sich bewahrt sie in den Hohlräumen ihres Körpers, zwischen den Rippen, zwischen den Schenkeln, noch ein kleines Nest für Lanor. Wenn sie ein normales Erscheinungsbild annimmt, wird sie durchsichtig werden wie eine kleine Pfütze Fett in einer Pfanne. Wenn sie gesund wird, wird sie aus dem Blick der anderen verschwinden, in der Masse untergehen. Sie wird unter einer beruhigenden Rundlichkeit diesen heiseren Schrei aus der Kindheit in sich ersticken. Geheilt wird sie eine junge Frau mit unverdächtigen Körperformen sein, eine Erwachsene, hören Sie doch, wie hässlich das Wort ist, wie brutal. Er ist am Fußende des Bettes stehen geblieben. Er antwortet nicht. Er könnte ihr sagen, dass man auch auf andere Weise leben kann, dass sie alle Trümpfe in der Hand hat, dass es befriedigender ist, Aufmerksamkeit zu erregen, weil man hübsch ist, und nicht, weil man so aussieht, als käme man aus einem Konzentrationslager. Er könnte ihr sagen, dass man sie um ihrer selbst willen mögen wird und nicht, weil sie Angst oder Mitleid erregt. Er sagt ihr nicht, dass er an sie glaubt, an diese voll entfaltete junge Frau, die er ihr so oft beschrieben hat, nein, heute nicht. Er schweigt. Er sieht zu, wie sie sich geräuschvoll in ein zerfleddertes, feuchtes Papiertaschentuch schnäuzt, und lässt sie mit sich selbst kämpfen. Er gibt ihr die Zeit, mit der Handfläche die Sackgasse zu ertasten, in der sie sich befindet, sich die Hände am rauen Putz der Wand aufzuschürfen. Er gibt ihr die Zeit, die hinter ihr liegenden Wochen zu ermessen und in sich diesen winzigen, kaum wahrnehmbaren und gerade erst aufkeimenden Wunsch zu verspüren: den Wunsch zu genesen.

Die abgezweigten Kellen haben die erwartete Wirkung. In einer Woche nimmt sie nur fünfhundert Gramm zu. Dr. Brunel weist sie darauf hin, dass eine verlangsamte Gewichtszunahme möglicherweise die Angst vor der Entlassung aus dem Krankenhaus ausdrücken könne, ich gebe dir das zu bedenken.

Werden Sie mich noch lieben, wenn ich gesund werde, werden Sie die Erinnerung an mein Schluchzen immerdar tief in sich bewahren? Werden Sie noch von mir sprechen, wenn ich dieses Zimmer verlassen habe, wenn ich außerhalb Ihrer Reichweite bin? Werden Sie noch manchmal an mich denken, wenn Sie diese absolute, diese so reine Liebe erwähnen, die andere Ihnen geschenkt haben, die andere Ihnen schenken werden?

Werden Sie noch imstande sein, sich an mich zu erinnern, damit diese Momente nie sterben, damit dieses Band, das mich an Sie knüpft, nie verschwindet, nie reißt?

Ein warmer Wind ist aufgekommen und streichelt ihren nervösen Körper. Ein Wüstenwind. Ein schrecklicher, ein schrecklich zärtlicher Wind fegt durch die Gänge, fegt durch die Nacht.

Jemand ruft nach ihr und verspricht ihr das Leben. Seine Worte durchdringen das Dunkel, reißen alles mit, bringen die Schreie zum Schweigen, bringen die Stille zum Schweigen.

XI

DRAUSSEN ZERSPLITTERT das Licht in tausend weiße, freie Partikel, die Bäume sind nackt. Sie drückt sich die Nase an der Fensterscheibe platt, sie kann die Gestalten, die sich entfernen, kaum erkennen. Das Leben ist draußen. Das echte Leben. Laure hat Angst, nach draußen zu gehen, aber zugleich wünscht sie sich nichts sehnlicher. Sie muss wieder lernen, allein zu leben, sich um sich selbst zu kümmern. Sie muss dieses überheizte Zimmer, dessen Fenster sich nicht öffnen lassen, diese unumstößlichen Zeitpläne, diese ineinandergreifenden Rituale, die dem Umherirren entgegengestellt werden, verlassen. Sie ist sich nicht sicher, ob sie dazu in der Lage ist. Doch sie weiß: jetzt oder nie. Der Moment ist gekommen, ihre Sachen wieder zusammenzupacken, den Schrank zu leeren, die Collagen von der Wand zu nehmen. Klar Schiff zu machen. Auf der einen Seite die Entlassung, notwendig und fordernd, auf der anderen ein letztes Kilo, zu dem sie sich nicht zwingen kann. Sie schwankt und wankt.

Nachts denkt sie sich Listen und Tricks aus, um beim Wiegen zu mogeln. *Mogeln*, das ist das Wort, an das sie denkt, wenn sie darüber schreibt. Diesmal gibt es kein anderes. Eines Abends verlässt sie vor dem Besuch ihrer Mutter das Krankenhaus. Sie muss etwas besorgen. Auf dem Rückweg geht sie rasch, eine kleine Plastiktüte pendelt in ihrer Hand und schlägt ihr gegen das Bein. Plötzlich kommt ihr auf der Straße die Diätassistentin entgegen. Ihre Blicke begegnen sich nur kurz, kaum eine Sekunde lang. Laure sagt nichts, sie verlangsamt ihren Schritt nicht, sie lächelt. Als sie ein wenig später stehen bleibt, um den Boulevard zu überqueren, befragt sie dieses Bild, das sie sich bewahrt hat, das der Diätassistentin, die sie anschaut. Sie sucht ein Gefühl darin – Zorn, Befremden, Nachsicht? – als Vorgeschmack dessen, was sie erwartet. Verblüfft, mehr nicht, sie wirkte verblüfft. Sie wird nichts über diese Begegnung sagen. Jedenfalls wird Laure nie etwas darüber hören.

Am nächsten Tag schiebt sie die Reispackung in den breiten Ledergürtel, den Anaïs ihr geschenkt hat. Unter dem Nachthemd ist nichts zu sehen. Ein Kilo Reis, an den Körper gepresst. Sie schlüpft unter die Bettdecke und wartet darauf, dass sie gerufen wird. Auf der Waage zittern ihr die Beine ein wenig. Neunundvierzig Kilo und neunhundert Gramm. Die Krankenschwester hebt den Blick und lächelt Laure begeistert an. Laure geht mit ganz kleinen Schritten in ihr Zimmer zurück, sie hat Angst, dass ihr das Werkzeug ihres Verbrechens zwischen den Beinen herunterfällt. Den ganzen Tag über kämpft sie mit sich und versucht, das Gefühlschaos in ihrem Bauch zu entwirren: Scham, Schuldgefühl, aber auch Erleichterung. Dr. Brunel kommt nach dem Nachmittagsimbiss. Er ist zufrieden. Sagt, dass die Sonde am nächsten Tag entfernt werden könne und man noch eine Woche abwarten müsse, um zu sehen, ob sich das Gewicht stabilisiere. Die Entlassung steht unmittelbar bevor. Das theoretische, unvorstellbare Ende der Frist nähert sich plötzlich wie mit Schallgeschwindigkeit, man kann sogar schon den Tag absehen, sagen wir: nächsten Dienstag oder Mittwoch, wenn alles gut geht. Laure versucht, nicht daran zu denken. Sie erwartet diesen Moment ebenso heftig, wie sie ihn fürchtet.

Sie betrachtet sich im Spiegel. Man hat das Röhrchen herausgezogen, das ihr aus der Nase ragte, und das Pflaster von der Wange entfernt, sie erkennt sich nicht wieder. Reflexartig tastet sie nach dem Plastikende, das hinter ihrem Ohr wippte. Es ist wie ein Zahn, der gezogen wurde und den man noch lange danach mit der Zunge sucht. Ein Vorgeschmack von Freiheit. Sie ist Herrin über das Spiel, alles hängt jetzt von dem ab, was sie isst, sie allein ist für ihr Kommen und Gehen verantwortlich. Ohne Sonde werden die letzten Figuren über dem Abgrund ausgeführt. Ohne Netz. Der Assistenzarzt hat sie aufgesucht, allein. Sie wird mit fünfzig Kilo entlassen. Und keinem Gramm weniger. Laure schäumt. Was weiß der schon vom Leben, dieser Viertelgott in Weiß mit seinem Aussehen eines Traum-Schwiegersohns, wenn es von gerade mal hundert Gramm abhängen soll? Mit dem Kilo Reis, das sie fürs nächste Wiegen bereithalten muss, plus ein oder zwei heimlich vor dem offiziellen Frühstück getrunkenen Tassen Tee, einem Paar sehr dicker Socken und dem Nachtpipi, das sie für später aufheben kann, muss sie sich auf achtundvierzigeinhalb Kilo halten, um fünfzig Kilo auf die Waage zu bringen, so hat Laure es sich ausgerechnet. Bleibt nur zu hoffen, dass es ihnen nicht in den Sinn kommt, sie überraschend auf die Waage zu bitten.

XII

ÜBER DIESE LETZTE WOCHE im Krankenhaus hat Laure nichts geschrieben. Als sie später diese fleckigen, eingerissenen und von Tag zu Tag weiter vollgekritzelten Hefte öffnet, findet sie nur diesen einzigen winzigen Satz, den sie wenige Stunden vor ihrer Entlassung hineingeschrieben hat: »Ich habe Angst.«

Am Morgen ist sie auf die Waage gestiegen, sie hatte Tee getrunken, kein Pipi gemacht, sie hatte das Kilo Reis fest in ihren Gürtel gepresst. Glatt fünfzig Kilo. Am Vortag hatte sie noch für alle Fälle ihr Menü aussuchen müssen. Dr. Brunel kam früh, gleich nach dem Frühstück. Auch er hatte Angst, das konnte man sehen. Aber er wusste, dass es nichts mehr nützen würde, den Krankenhausaufenthalt zu verlängern, dass sich das Übrige anderswo abspielen musste. Sollte sie rückfällig werden, hat sie ihm einmal gesagt, dann würde sie das, diesen Weg, den sie zurückgelegt hatte – Kräutertee, Wärmflaschen, die Sonde, diesen langsamen, stotternden Aufstieg –, nicht noch einmal schaffen. Dazu hätte sie nicht die Kraft.

Er ließ sie in Ruhe ihre Sachen packen und kam dann ein wenig später noch einmal, um ihr Auf Wiedersehen zu sagen.

Er wusste, wie zerbrechlich sie an diesem Dezembertag war, mit ihrer großen Tasche über der Schulter, er wusste, dass sie zur einen wie zur anderen Seite schwanken konnte, dass dieses kleine Gebäude aus Knochen und Fett sich im Gleichgewicht hielt wie ein Mikadospiel.

Sie hat nie etwas über dieses Kilo gesagt, das sie ihm gestohlen hat.

Weil er sie nie überraschend gewogen hat, weil er nie irgendwen dazu aufgefordert hat, es zu tun, er hat sie aus dieser Lüge befreit wie aus allem anderen. Er hat sie mit diesem imaginären Kilo ziehen lassen, diesem kleinen, mühsam errungenen Sieg, der wahrscheinlich reichte, um all die tiefen Niederlagen auszuradieren, die sie vorher hatte einstecken müssen. Er hat sie gehen lassen wie bei diesem ersten Mal, als sie ihn aufgesucht hatte, er hat ihr sein Vertrauen geschenkt, dieses ungebrochene Vertrauen, das sie nicht mehr würde enttäuschen können, und wahrscheinlich hätte er ihr in ihre große Tasche gern noch diese vitale, pulsierende Energie gestopft, die er für sie hatte und die er für all die anderen haben würde, um sie da rauszuholen.

Laure hat diese Wochen, die sie im Kampf mit sich selbst verbracht hat, minutiös niedergeschrieben. Die Zeit, die tröpfchenweise verging und die sie aus der Spitze ihres Stiftes laufen sah, diese angehaltene, erstickte Zeit. Sie schlang wie ein Menschenfresser, um ihr Entlassungsgewicht zu halten, sie hatte den Plan der Diätassistentin an den Kühlschrank geklebt, das war wirklich ein Brocken, dieser ganze Fraß, den sie schlucken musste.

Laure ging mittwochs in die Sprechstunde. Auf ihrem grünen Plastikstuhl wartete sie darauf, dass sich die Tür öffnete, dass er sagte: Laure, du bist dran. Am liebsten hätte sie sich da niedergelassen, wäre auf dem Untersuchungstisch eingeschlafen, wäre bei ihm geblieben, um keine Angst mehr zu haben. Sie weinte in Dr. Brunels Sprechzimmer und füllte seinen Abfallkorb mit Papiertaschentüchern. Er wusste als Einziger, dass sie unter Einsatz ihres ganzen Körpers kämpfte, dass sie in jeder Sekunde kämpfte, um diesen wiedergefundenen Lebenswillen unversehrt zu erhalten. Er unterstützte sie, antwortete auf ihre Briefe, ihre Anrufe, schuf gemeinsam mit ihr eine neue Rüstung aus Salz und vertraulichen Mitteilungen. Sie wollte gesund werden. Es ging hier nicht nur um den Speck auf den Rippen, das hatte er verstanden. Wenn sie nach Hause ging, träumte sie von den Kilos, die sie ihm bald schenken würde, diesen voll erblühten Kilos, die sie allein, im echten Leben, würde zunehmen können. In diesem Leben, das sie eines Tages fest in die Hand würde nehmen können.

Von diesem Jahr hat sie ein unauslöschliches Mal zurückbehalten, eine nicht mehr schmerzende Narbe. Ein Zeichen für den Preis, den sie gezahlt hat.

XIII

ICH HABE GERADE die Wäsche fertig aufgehängt, sie haben die Schuhe ausgezogen. Maman, komm her, spiel mit uns verrückt, ruft meine Tochter. Ich frage, wie das geht.

»Wir springen auf dem Bett und rufen ›Gaaaaaaaa!‹ und schlagen Purzelbäume.«

Mein Sohn kann es kaum noch erwarten.

Ich lege mich neben sie aufs Bett. Ich halte ihre kleinen Körper hoch und werfe sie in die Luft, ihre kleinen Körper, die aus meinem Bauch gekommen sind, und wir rufen: »Gaaaaaaaa!« Sie schreien vor Freude.

180 Seiten / Auch als eBook

Théo ist ein vorbildlicher Sohn: selbstständig, fürsorglich und ein guter Schüler. Doch eine Lehrerin schlägt Alarm, und auch die Mutter seines Freundes ist misstrauisch. Die beiden Frauen haben die richtige Ahnung: Théo ist mit seinem Leben überfordert und sucht einen gefährlichen Ausweg.